U0054714

家信

雪迪詩選

目次

黑暗裡的階梯 077

1991

1992

平行的深處 267

1997

碎鏡裡的貓眼
1998

綠色中的綠 335

2000

愛歐‧諾亞爾島 347

2000

祝 359

2002

在Manasota Key
面對大海 371

2004

回憶

1986
|
1989

飢餓

我聽見那種飢餓的聲音
日夜嚎叫在我的面孔裡
我的手在喉嚨裡掙扎
在吐出的日子上布下爪印

被遺忘的人在另一個地點
　　　　　折磨我
他們準確地撕扯我的回憶
我聽見他們歌唱著
在時間的深處打撈我的傷口
疼痛密集的海上
我的四肢緘默著

我最大的傷口
在牙齒間生長
我聽見那種聲音
我聽見死亡的人在我臉上
一遍又一遍勝利地歌唱
我把手伸進喉嚨裡
開闢一條無聲地嚎叫的航線

雲　　你是一個優美的傷口
　　　你是黃昏裡的鐘
　　　敲響我們的身體
　　　凝集在往日裡的血
　　　穿透疼痛回來

　　　你是童年
　　　孤獨者把一隻腳踏進夜晚
　　　啜飲抒情的水面
　　　你是那隻鮮紅的嘴
　　　吮吸我們深深的感歎

　　　你是一隻水甕
　　　平穩地立在天邊
　　　輝映著我們在道路旁
　　　殘缺的瓦罐般的臉
　　　那臉發出裂開的嘶喊
　　　把聲音送入你的寧靜裡面

另一種溫情

現在我就在等待了
你的柔情通過一顆草生長我
你的聲音穿透塵土
你的嘴在時間深處
像一隻蜜蜂悅耳地蜇刺我
現在我就在等待了
你的手如同一股河水
早已離去的母親在對岸的叢林中
數著被天空洗亮的石頭
啊，另一種溫情
我的遠離你的柔軟皮膚的生命
我用五把鋼叉刺進日子
看見時間的孔穴中
流出我的純潔的餓渴
　　和七顆蔚藍的星星
現在我就在等待了
你的一句話使我的欲望布滿花朵
並使人臉的每一個姿式
　　　充滿溫情

我的家

我的家在午後一個溫暖的日子
　　結滿葡萄
我的妻像隻紅色溫柔的小狐狸
把她細細的手
伸入我音樂交錯的胸中

窗子的玻璃上趴滿蜜蜂
花朵在一個個字裡開放
我的妻穿著紅色的衣服跑跳著
把朝向陽光的門帶得哐哐的響…

我坐在一把古銅色的椅子裡
聽著遠處的庭園裡草根吵鬧的聲音
聽一滴水慢慢滲進一塊石頭
一隻鳥，在遠遠的
我的思想中
　　　　啼叫

巫女

生命是好玩的戲法
我把左手藏進馬眼
我站在樹旁；踩住的根
從舌底長出。夢裡

這樣被生活踩著
被單喊叫。你的
結滿野草莓的手臂
環繞墊著太陽的腰

我的牙齒敲打果核
你，小小田野的巫女
用九隻鹿敏捷的奔跑
眼窩伸出細細的茸角

看哪！你的指頭刺著葫蘆
落滿花瓣的指甲
掐住我在乾燥的空氣中
那麼頹廢的肉

生命在你胯裡多麼美妙
你喜歡在黑夜上跳著跑
喜歡黃昏在一張獸皮上
留下騎過的痕跡

哦，小小石榴的巫女
你喜歡世界，在水珠連續
上升的歡呼裡，在一顆顆
飽含汁液的堅硬的籽粒裡

有著無限的清晰的痛苦嗎

城市酒徒

夜的柔軟逐漸壓迫我
在我聽見夕陽憂鬱的號聲
擦過白天的銅嘴
進入黑色記憶的巢穴
那裡有個睿智的老人
手臂繚繞著水不停地擊打
我聞見那股熟悉的氣味了

一隻狼怎樣在城市裡生存
它的皮膚在樓壁上蹭癢
腿上帶著野果子的汁液
踩進人群的縫隙
它的鼻子，像人在睡眠中
伸在床外的腳指甲一樣冰涼
太陽鮮紅的烙頭。玻璃
水一樣插在它的四肢之間
靜靜的夜裡我可以聽見
做夢的人，被追逐的嗥叫

現在我的臉
像一隻竹簍被一圈圈編織
夜的柔軟愜意地貼近我
黑暗沿著喉嚨進入心臟
在酒的巨大光芒中

我可以聽見
他低聲和我說話的聲音
我可以感到他的手
撓著銀白色液體之上的
孤獨。記憶穴巢的內部
一支金色圓號的吹奏

一個肢體豐腴的女人
往昔彙集一起的巨大幸福
儲存在明亮的乳房的內部
在聖潔的長滿合歡草的山谷裡
你馳趕一隻隻火紅的狐狸
我的身體沉浸在
它們眼睛的晶瑩的暗影裡
那條河像被一隻手推著
進入死亡燦爛的景色
光明在後面一閃即逝
留下血的斑點。血的中心
夜浮起所有往事

厭惡！巨大的五彩翼翅的飛鳥
穿過我的嘴到達遙遠的天空
　　在我的日子裡下滿
　　形如石塊的鳥蛋

石角的下面蠍子造窩

蛇在陽光短促照射的地方取暖

春天和夏天輪換用一隻手

攥住並試圖挫碎我的骨頭

秋天在遙遠的歌唱裡

那是夢幻！採擷兩個季節的

芬芳的嗡嗡嚶叫的蜂群

螫刺結隊而行的人們的臉

嗷！厭惡！我的城市

空心磚壘砌的城市

留著草根燒毀的圖案

　　玻璃鑲嵌其外

　　映照水的花紋

人類在空心磚中居住

　　並繁衍開來

巨大的樓房是性器的象徵

你看那人！那塊優美的

人類的空心磚

被一架機器整齊地製造

舉著同一種草

探問對方自己的嘴臉

牙齒，白燦燦的琺瑯

敲擊出長眠地下的人的語言

那條河彷彿是被一隻手推著
進入兩個夜晚拋來拋去的
白天。噷！厭惡
我的四肢血緣的種族
靜靜的夜裡
你可以聽見那個劫數

哪裡有那種純潔
在純白色的液體裡
我仍舊看見空空的黑暗
像愛人在婚禮上為我戴上的指環
我的酒，聖潔的音樂
　　　覆蓋我的石灘
　　　我的小小縷蛄
深厚光華四射的青苔
在裡面，我仍看見
一張擺脫不了的臉
牙齒就閃亮在
手中酒杯的缺口上面
城市像一隻野獸蹲在我的頭髮裡
諦聽我被一種恐怖嚼碎的聲音
那股純白色的液體
進入我的血管的聲音
噷！噷！伴我而生

在四個季節裡歌唱，大笑
閃耀燦爛的光輝的
　　刺透黑暗的
　　　　孤獨

我的手緊緊攥住
反射光斑的疼痛
血經過裂開的皮膚和生命交談
一朵一朵純紅的花
　開放在貝母上面
它使我想起一種圖案美麗的魚
在水之外的石頭後一動不動
我的心隨後沉進那片液體
和死去已久的人隨便談一談
噢，你看不見！那片黑暗
改變我的臉。太陽的手
在黑夜的底下拉住我的手
讓我知道，每個事物裡面
都有渾然完美的石頭
讓我知道我的情人
也是一棵草。在她兩胯的下面
那些生命很短的蟲子
四季鳴叫。讓我把嘴貼近讚美
那些很薄的玻璃。你每次醒來

看見就感到驚奇的東西
貼近他們！用你輝煌的
痛苦

喀喇昆侖

孤形的山谷像一把熱瓦甫
白色的琴弦筆直而下
抖響一堆堆碎石的音符
黃土的山峰，鷹鷲在飛
一隻瘦毛驢向遠方的土屋子走去
沙棘子在山腳下把紅色的顆粒鋪開
讓我看見寂靜的雄壯的色彩
在一根刺上回味茫茫戈壁
喀喇昆侖！你在一蓬芨芨草的陰影
　　　　盡頭，突然出現

斑鳩群的翅膀驟然回轉
梟的叫聲，從你的腹部傳來
我看見白色的帶子纏緊你的臉
露出異族人黑沉沉的眼睛
爬地松一片片在不見陽光的陰部
密集生長，野兔優美地蹦跳其中
陽光照耀的地面
是你山壁緊繃的胸肌
石頭錯落，鷹群棲止在那裡
時刻傾聽你陰沉的號叫
把羽毛和岩石傾瀉向遙遠的村莊

水。在你皮膚裡縈繞的優美樂曲
一年一度，把環繞在神像四周
頂禮膜拜的維吾爾人滋養
長長的纏頭布巾，承接太陽的巨大噴壺
也在你潺潺的音樂中翩然飛舞
當你開始沉默
以你的高度和沙漠抗衡
牛羊憩息的狹長地帶
呈現布滿石頭的巨大河床
和人類遷移的恐怖的景象

沙巴依！我在每個山谷的石縫裡
聽見你的槌聲。枯死的樹木旁
看見一群村民面向陡直的紅色
　　　　山壁，跪地長叩
看見黃羊在塌倒的屋子上跳躍而過
啊，喀喇昆侖！喀喇昆侖
你的寂靜的力量
綿延八千里神祕的美
西部象徵，生命的鼓
死亡起伏不止的合唱
我的眼睛在陽光的暈眩中
密集地塞滿石頭
我長長的號叫散發石壁的滾燙

你的雪水滾滾流過
我的一行行向西部致意的詩歌

孤形的山谷裡鷹在飛
野兔跳躍。玉石在河流彎轉處
呈現幾千年凝聚的完美的景象

維吾爾舞蹈

達甫鼓敲起來。兩隻
翻滾的手掌像一群黃羊
在無邊的戈壁灘上跳躍
我看見在鼓點裡的土著民族的腳
熱瓦甫，沙巴依
綿長的駱駝隊在感情金色的沙子中
平穩行進。我饑渴、乾燥的心
充滿看見綠色森林時的呼叫
歌聲的籃子，每一個空隙
鑲嵌純樸的玉石
我的手輕快地
把它一次一次提起放下
皮膚灑滿晶瑩的珍珠
在大漠高懸的太陽周圍
放射五道彩虹

維吾爾，你四肢柔和的舞蹈
像牡鹿的蹄子從紮槍的縫隙
一滾而過。我看見老獵人的臉
獸皮綁紮；手臂一起一落
回盪圍獵的低沉的牛角號
沙塔爾！高高的琴把
指向牦牛背部堅硬的皮毛
獸群在弓把上跳躍奔過

聽巴朗子跪在一塊水塘邊緣
向著茫茫沙漠，做低沉、模糊的祈禱

噢！敲起來
達甫鼓弧型邊緣飛舞的手指
我的心，我的狂奔的心
在寂靜中蓄滿力量的四肢
黑色的鷹群在片片色彩裡俯衝而下
維吾爾的臉，細長優美的脖頸
如鹿角在幽靜的夕陽裡緩緩移動
手風琴踩著熱烈的步子
沿著防風林的甬道
把我席捲進
野馬群揚起的黃色沙塵之中

內心掙扎

蠱

放開我
連續而來的日子
閃耀黃金的長鏈
九頭狐狸展開鮮紅的皮毛
環繞優美的柑桔舞蹈
白天是十七瓣的果皮
黑夜，一顆結實的籽
太陽收縮著在汁液裡喊叫

就這樣去？你的四肢
豐腴的芭蕉葉托著我的臉
我的手是青蛙
飛蟲哼著動聽的音樂
他們細細的腳
碰我枯萎的心
在一個金髮女人的笑聲裡
無憂無慮地睡著

哦，田野那邊的馬廄
在收割過的麥地裡彎曲
太陽像一個肥胖的術士
把光明的符咒拋向我的女人

就這樣去？跟隨她裝著果子的乳房

她的絲巾飄動；我突然覺得

過去的詩句像刺棃進眼睛

含滿憂慮的眼睛啊

童年的村莊

那時，我是一隻馬駒

連續而來的日子

黃金瘦削的手

攜帶器皿裂開的聲音

在我肉裡移動

讚美在血裡像一棵樹生長

去？不去

那時我挑選詞彙

是那樣的嫻熟和充滿信心

那時我在一首詩中

可以遇見死去的親人

太陽是一隻濕漉漉的柑桔

滾動在天空的手掌上

它的汁液，在我

一聲「青春」的喊叫裡

突然噴濺出來

我成為一個快樂的人

我的女人，你的兩腿
像在河流對岸閃動的鹿角
你的嘴是一片罌粟。村莊
鐵匠失傳的手藝
熊熊燃燒的
是四下裡的嬰兒的哭叫
去？不去
站在梟聲淒厲的石頭旁
看著詩失控地生長
與內心痛苦
成為連在一起的巨樹

蛉

一張潔白的紙是荒涼的島
礁石後面洶湧的人流
文字裂開。空曠的聲音
　　進入我的房屋
　　我的服裝樸素
在陽光桔紅的籬笆旁邊
穿透一支花蕊看見我的孤獨

馬蜂在火焰中撰動翅膀
人的臉孔像墳

天空清潔時走到戶外
看見他們排列在大地上
感覺眼睛發苦嘴裡噁心
哦，誰來編織精美的話言的花籃
把內心重重的憂慮揮除乾淨

我是誰？在古老的草杈上
把鬱金香細細的頸子泡在水裡
野地的草藏起我的臉
指頭在鬆軟的泥裡
　　和血紅的蚯蚓
較量向深處潛的能力
我的腳跟在黑暗裡
哆嗦著，快樂無比
鳥群整齊的歌唱讚頌天氣
風在遠處的山坡下彎著腰
像一個尋找佩鈴
面容美麗乳房結實的年輕婦女

禁閉！和肉體保持距離
亮出舌尖的刀子
閃爍詞彙的寶石的光輝
你起身離開，就像被宰殺後
只用剔淨的骨架在大地行走

你聽著你的心逃走後在遠方站住
在花朵的頭被掐下的影子裡
對著你破口大罵
哦，誰？能緊緊攬住自己的頭
把它塞進自己的身體
那間輝煌孤獨的——生命的房屋

緞帶斑瀾的老虎
揚起叼住古甕的頭
黃金彙集的河流
馬腳向著太陽踢踏
太陽，是隻裝滿雛菊的笸籮
穿過工蜂精確的尾部
看見人類受到威脅
但不斷溢出芳香
值得被我稱讚的
　　疼痛的生活

蠍

大地！泥土燒透
軸彩明亮的瓷盤
女人用潔白的臂肘擦拭你
那時她的皮膚

還沒被經過城市的光汙染
人還在用樹枝編織衣裳
男人和女人像弟兄和姐妹
他們結實的雙股
緊緊圍靠在土地上
那時每個白天
放在大地的瓷盤上
好像公牛，彎卷的犄角
放射田野的香氣的食物
黑夜在燃燒中咆哮
把它尖硬的爪子
打在處女和塗滿豹油
赤裸身子的男人腹部

城市建立。牛角號黃金的邊緣
繃滿筋條。河流被隨便地
改變方向。我們熟悉的鳥
如今在石頭裡，向著祖先
滿含悲哀地啼叫
綢子製造出來。代替每次黃昏
溫柔地涮洗皮膚的水
那水曾使我們充滿幻想
在紫丁香的火舌中
〔欲望〕的巫婆站立在風中

敞著喉嚨對著落日高唱

高速公路用暈眩

掩蓋我們面對失望的生活

驚恐無奈的內心

大地的彩盤！盛著人類智慧的食品

它的香味是無數塊剁碎的肢體

浸透油脂的佐料調出來的

啊，在一個孤獨的黃昏我喊：我愛

扔掉手裡的書疑惑重重

從昏暗的內心走出來

貓頭鷹在血泊的田野上撲打木樁

它喉嚨裡的聲音使麥子生長

羊的骨頭在羊肉裡和狼撕咬

好像漁夫的鉤子裹進一片海草

那朵牡丹！在黃雀的光芒裡

　　叫醒村莊

　　讓女人用雙臂

把男人推出家園

站在晦澀的布滿菇菌的

思想外面。我喊：我愛呀

太陽的彎弓在河水底下「崩崩」的響

金色的光輝！刺穿我的胸膛

愛？不愛？大地
野獸的火光燒制
人的心靈變化無常的顏色
你依舊要把白天
豐滿的年輕女子的乳房
被孩子精心編織的籃子
放在你的盤子上送來
河流仍舊改變人類
男人在黑夜的夢裡
無法平靜地睡去
他會在黎明的鏡子裡
看見他的手臂
緊緊纏著旁邊瘦小的妻子
在她驚恐的眼裡
發現他的那張臉，在夢中
被自己抓的血跡斑斑
愛？不愛
準確的「字」像兩隻野狗
在道路的前面呲露著牙齒
我的心，在瘋狂中
被撕扯的血肉模糊

蜉

小小飛蟲！太陽
是一隻搖晃的葫蘆的鐘
你的情人是水。葡萄的籽
在你用一支金刺探進死亡
水晶裂開時靜靜安睡
小小的金絲草的孩子
黎明的花蕾裡吵鬧的孩子
告訴我，當我的面孔
浸泡在陰涼的暗影裡
那個到處都是
山雞鮮豔的尾雉的部落
燕子的翅膀留在那裡
七隻牛蹄敲擊骨頭
為居住下來的人祝福
那裡，你小小的籽
怎樣被一瓣細白的指甲彈出

沒有君王的村落
我的還未見面的孩子
抱著祖母的胳膊
像抱著一根拴滿蘋果的繩
那裡，寧靜的人們，為了孩子

懇求皮膚溫熱的人多多造福
把從土裡掉下來的罪惡
放在衣服底下蓋住
那裡的人赤裸身子
談論自己的親人
使這些人在陽光充足時
在野地的草上和火爐邊
感到陣陣襲來的寒冷

童年，我的八隻金色的馬駒
清晨躍過光焰萬丈的河流
果子在天空滾動
藍天散發馥鬱的香味
我的母親就是那顆果核
騎著父親馬鬃長長的脖子
快樂是美麗細長的馬眼
我是一切的主人！在甘蔗地裡
嚼著白糖的根舞弄四隻小腳
把肚子敲打得滾圓
噢，童年！木床的尖角上
我的白香蕉的額頭
血一股股湧進精緻的小洞
我在兄弟的哭聲中聞見死亡的氣味

小小的金絲雀的女兒

〔厭煩〕這把古老的耙子

摟過我的生命

我的身體像一塊抹過髒東西的布

我的心被使勁擰過

涮洗過！穿在詩的絲條上

掛在新鮮的陽光下面

曬過！如今我在白天

都會聽見一些石頭

低低地談論

我毫無惡意造下的罪過

在草根裡我看見母親

她赤裸身子滿臉慚愧地站著

她的衣服蓋著那些

被我弄髒的日子

哦！晾乾的豹皮

長出顏色鮮豔的毒蘑菇

野牛的彎角頂住痛苦

巨蟒在火焰的尖刺上抽打

我的兄弟！仇視的父親

太陽是一面鼓，他離開的聲音

使我們全體成為朝向光明

　　聖潔肅靜的教徒

當小小飛蟲把它的光刺

放入死亡的甕中

我們傾聽哀號的聲音

在瓷裡，在水裡，在石頭縫裡

洶湧著，撕打著

震撼我們疾病深入的耳骨

我們活著，繼續犯下罪行

去愛，去憐憫

為死後的名聲造一些福

直到那粒小小的籽

像一顆金光燦燦的寶石

八匹金色的馬駒純潔無憂

踱過其中。直到生者

學會怎樣為死去的人贖清罪惡

從土裡，從生命裡拔出雙手

他們是乾乾淨淨的

那粒小小的種子

被 一瓣雪白的花朵悠然彈出

北方的田野

四月第一天的太陽是一座鐘
在整個白天水獺、貂和數不清的香鼠
　　　在北方竄動
木房子在黎明的光芒中醒來
燃起一堆堆松針的煙
北部斜扣著黃色麥田的草帽
哼一隻河流的小調行走在四月的間隙中

誰袒露著大片森林的黑色汗毛
看每一滴水在陽光中晶瑩地閃耀
看松鼠在石頭堆中戲耍、睡覺
看一隻手從陽光最亮的地方伸進
採集蔭涼處的蘑菇、人參
野鹿群毆時遺下的鹿角

誰把我的記憶注射進鱒魚的卵巢
讓我和一股股暗流交歡
與遠方的村民在春天的深處交談
讓我此時成為最快樂的人
千萬朵花的顏色覆蓋我的語言

而一個農婦仍坐在春天最後的日子裡哭泣
那聲音儲滿穿透時間的風暴

那聲音使我的喉嚨嘶啞
使我想起我仍舊是北方的歌手

四月第一天的太陽是一座鐘
他把排列在後面的日子敲響
他使北方在林木清香的氣味中成熟
用兩天時間讓冰雪滲進土地內部
讓人的骨胳裡含有十幾個世紀
讓北方人粗硬的皮膚上布滿畜群
　麝香和震顫的嘹亮的花朵
讓我從無窮的衝動轉入深深的安靜

月
光

水晶在海洋的粗布上滾動
星星明亮的小手，抓著黑夜的衣服
月亮是一支短小迴旋的音樂
海浪由於白天的狂怒疲憊

漁夫在睡眠裡看見魚群
並把一隻金色的錨扔進我的心中
什麼樣的喜悅啊
當我聽見海水的深處
蟹群用鹽的語言
向孤獨的望海人打著招呼

一種記憶。遙遠的疲倦的生活
當海無意中暴露了那樣的美色
當生活在草叢的影子裡變得親切
月亮在天空的上面
它輕輕的樂曲聲
使我在回憶中流出淚水

一條空船在水晶石的白霧裡
漂向海洋的後面。女兒在那裡
向著我逗留的地方祝福
什麼樣的滿足啊
當我聽見我的血裡

鯊魚用溫柔的姿式游動
整個海洋，向與它無盡地爭鬥的
人類，低聲述說「和好」的請求

火焰

——獻給文森特‧梵古

道路

下工的人走來了。他們模糊的臉
使我感到創作的艱難
什麼是事物的根莖
我的呼吸流動在裡面
像我渾身的火焰
進入一株筆直的絲柏

像在靈魂的惶惑裡扭動的路
蒼白的貝母。麥子失敗的呼喊
人的〔過去〕在月光裡尖尖地叫著
種子絕望地進入睡眠
〔未來〕是一匹好馬
道路打開的地方，完美的脖頸被暴力弄斷

只有絲柏，從骨頭裡向外噴著火苗
每滴樹脂裡蹲著一隻獸
向夜晚奔躥！他吼叫著
星辰燦爛。黑夜是一隻振盪的銅鑼
他揚起的尖爪打在人類的臉孔上面

燃燒的絲柏

大地焦黃的顏色
是我的心倒在地上的顏色
它聽見土地的憤怒
山峰跺著腳
冬天步步逼近
我的肉和眼睛裡的石頭
被絲柏的火焰攪拌
天空，巨大的平底的鍋子
扣住孩子，在貪窮中死亡的花朵
誰在我的後頭狂怒地走動
拎著生命
叫我筋疲力盡地倒在土地裡
整個田野在身體的周圍燃燒

誰是生命的僕人
把絲柏插在〔活著〕的坑穴裡
〔死亡〕在根莖的觸碰中哆嗦
在土地的威脅中貪困
麥子生長。石頭沒有生殖力永遠沉默
秋天把他們帶走
誰，能用大地的語言
在苦難的力量裡懷孕

創造孩子，擊中遼廓的天空
向著人類歡快地笑著
是你嗎，詩人
每根骨頭都楔進世間的事物

絲柏在喉嚨的下面燃燒
火焰從眼眶裡噴出來
那些麥芒，細小的金色火舌
我要緊緊抱住你們
泥土，雲彩
你們傷害過我，──大地的野獸
抱緊你們！像我悲哀的臉
貼緊藝術並佔領生命
別的，我一無所有

播種

當土地從深深的睡眠中醒來
太陽繪畫著田野的圓邊
顯出燒制時灰鼠留下的爪印
大雁開始和夏天的遊戲
把它們的蛋，放在蜥蜴精緻的窩巢上面

田野隆起
馬兒走遠了；把兩胯的香味
帶進月亮搖晃的竹籃
我坐在雛菊女兒的長笛裡面
感覺到土地懷孕的願望

你在這時從太陽裡走來
跨著田壟的步子。你的全身
由於幸福巨大的光芒變得黑暗
種籽咬你，泥土冒血
你聽見果實在天空裂開的響聲

動物的思考者！人的鋼鑽
你的身體緊貼大地
整整一個冬天，你緊緊攥著種子
當你打開手掌，我在春天裡蘇醒
看見在你血裡生長的金黃的麥田

幸福的人！思想的光環猶如彩釉
籠罩在田野作物的陶土上面
你的來臨是人類的第一支歌
我跟隨一匹雛馬
走向果子被黃昏吹落下來的河邊

拾穗女

純潔的牛角。那時乳牛的腰彎曲在木桶上
黃金的谷皮埋在泥裡。土是食品
人類不為糧食相互殺戮

那時大地是禮物。豐收時節
男人把房屋建造在麥地中央
籃子裡的嬰兒跟著果子的滾動叫嚷

那時，你，純樸的農家姑娘
你的兜子是一隻野兔喝水的器皿
你的眼睛裡八隻兔崽在歌唱

糧食！人類童年居住的村莊
黃金閃爍的飛禽
插在乾淨的河面上

農家姑娘！彎月圓圓的臂膀
屈身的姿勢，讓我看見
你的祖祖輩輩在土地的饋贈裡變得金黃

你的手指上閃耀光芒
小小的鑽石的麥粒喲
看你移動的虔誠的步子

姑娘，我的心，我的這顆心
怎能不在混濁嗆人的光線裡
顯露出無比的惆悵和絕望

罌粟田

夏天在土地上成熟啦
燕子把南方的水帶進果園
石榴閃耀著擠滿思想的額頭
我們的主人躺在漿果裡
兩眼凝視著長滿罌粟的天空

那些小動物都安靜啦
把左肢搭在右肢上面
鵪鶉咕咕叫著鑽進罐子裡
馬群在白松的房子旁燃起炊煙

現在，我的生命，你睡一會兒
把飢餓掛在罌粟的鉤子上面

你聞一聞果核的氣味，抓一把泥土
看見金黃色梨子的尖尖的火焰

閉上眼簾。一個夏天
放進你的睡眠。你在醒來時
聽見田野的大籃子裝滿花朵的聲音
看見無數顆燃燒的葵盤
像一百隻馬頭在太陽下瘋狂地旋轉

烏鴉籠罩的麥田

黃色麥秸的波浪在喉嚨裡呼喊
　　我站在最高處
一切都熟透了！籽粒在風暴的震顫中
向著死亡的房屋歌唱！烏鴉
深淵的使者，雙翅閃爍鈴蘭的光芒
我來，我走動
我的孤獨像一顆水晶
誰在貧窮中傾聽我的聲音
他的手伸給我，拉著我
我的悲哀是一面鏡子
在人類晦澀的面孔裡閃閃發亮

讓我拋棄藝術，遠離宗教
站在最高的地點：凝視過去
像凝視野獸憩息的深淵
像我用一生和美搏鬥
幻覺的尖矛貼著我的喉嚨
土地成熟，一些陰暗的預感
　　烏鴉從腳下
貼著我的血管向上飛來

嗷，純粹的麥子
七對銀叉刺進你的核心
　　風暴把你收回
　　遙遠的、明亮的「無」
在視力到達的石頭裡顫動
我來。我迷失
在虛弱的「藝術」外面，什麼東西
能有效地摧毀人類褻瀆靈魂的罪惡

站在最高的地點
死亡的門在秋天的水面震盪
天空疊起，像被壓著的彈簧
我的心！再看　次田野吧
攥住它，像抓住吞進你的愛的
漩渦。說，你愛

那是死亡的高度
孤獨人結出果實的四肢
喊吧，喊！兄弟！向著「無」
那些在糧食上盤旋的烏鴉
把叫聲送進人類

教堂

神聖寂靜的音樂
當我注視你
花，草根；面孔模糊的女人
站在真理的聖壇前
長久傾聽神靈的聲音
　長滿荒草
響徹著馬匹追趕的呼嘯
我的生命，你為了虔誠
朝向罪惡一無所知
看見它，蕭靜的石頭
我的心開始出血

教會我們如何去愛
面向扼殺大地的兇手
面向臨死前憤怒的父親
被他抓破的地方是仇視黑暗的源頭

告訴我們！怎樣能在白天
抖動歡樂的紫杉的旗子
飛禽和人類摟抱在一起
房屋高聳；母獅向食草動物祝福
嬰兒在男人的腹部踹動
像劈開土地的奔騰的河流

神聖的春天！我的血液裡
音樂降臨的石壇
膜拜！泥土，玻璃花瓣
尖頂！我的心在那兒袒露
在天空的渾厚的歌聲裡
為了萬物一萬次從死亡中蘇醒
我的心！你祈禱吧

被傷害的肖像

當人類的內心失去音樂
　　松鼠在松球裡跳躍
　　羚羊在水底奔跑
當葉子拒絕落地縮進枝條
人，是　個空空的器皿
茫然的眼睛是螞蟻聚合的穴巢
沿著光線，蟲卵吸附在心上

嘴巴只是重複對牲畜的詛咒
一切都使我的心憤怒
為了猛獸和衰敗的國土
為了詩，它是一根棍子
卡住我的喉嚨

耳朵，天藍的寶石
回盪昆蟲的叫聲
夏天在裡頭居住
灰獾整夜地把爪子放在裡面
那兒有深藍的火。藍寶石喲
我的祖母圈著奶牛的乳房
脾氣暴躁的父親
顯示純熟的手藝的村子
它在寂寞中閃爍的光芒
把我絕望的心照亮

飛蝗！你們的噬咬籠罩大地
人是聾子！脖子上擺著盤子
頭顱裡繩子互相系著死結
鱷魚！鱷魚！我的愛人
藍藍的寶石！疼疼的心
切開它！光明
光明堵住我的頭顱

太陽迅猛地下沉
溫暖我的血液裡奔跑的動物
翡翠天籃的寶石！給誰
誰拿著它？這隻打開的耳朵
誰的心靈能聽見神聖美好的聲音

白薔薇

花兒在屋子裡開放
牛奶在葉子上閃爍
我的愛人在夜螢的啼聲裡
伸著花苞的小手
薔薇！薔薇！說呀
我的安靜的生活
什麼時候丟掉的

棉花在瓷瓶上跳躍
羊羔在樹梢上奔跑
我的女兒躺在灌木的根莖裡
她露在黑暗外面的指甲的尖刺
使我的心，整夜
在惡夢中嚎叫
薔薇！薔薇！說呀

我的幸福的日子
是在哪兒消失的

歌曲在額上迴旋
深邃的美，金鑄的爪子
把生命扔進苦難的深淵
我的愛在短促的夏天怒放
像一種被侮辱的感情
和大地的死亡做最後的決戰
薔薇！薔薇！在我胸膛裡
炸開的薔薇！說呀
我的名字，哪一天
明白過來的人
會來瘋狂地紀念
並把那些瀕臨死境的人寬恕

吊橋

聖潔明亮的水
渡船把它的側面隱蔽在葦子裡
船工的手放在蘆荻上
一隻灰鶴在花蕊裡唳叫
晴朗的日子。飛禽顫動
年輕女子聚集在河邊

她們捶打衣服的木杵像花莖
在太陽光滑的石粒上展開
河流閒逛著
薊草從早到晚昏睡
山雉尋找他們的房子
把尾翎插在毛驢的鈴鐺上面

誰在那兒嚼著橄欖的葉子
躺在絲柏腹部的黑影裡面
被菱角蓋住的眼睛
和在河流上玩水的夏天閒談
貓咪眼睛裡跳動的湛藍喲
中午把細膩的綢子鋪開
誰在那兒面色蒼白，咬著葦根
凝視遠處吊橋細緻的鐘架
一輛馬車在太陽的鐘擺裡〔滴答〕
按住自己的心，渾身顫抖
面向無限的寂靜和安寧
激動得說不出一句話

神聖明朗的日子
你的心合著釘在記憶上的一根弦的振動
被樂曲裡的蓮花，它們把手
從田野的下面伸出來

把你活著的痛苦撫弄得平展
使你安靜和滿足地
躺在一朵大麗花打開的翅膀上
那麼殘忍！短促的幸福的時光

風景

植物成熟了
圓圓的嘴伸在泥土底下吸水
細細的腰在穀倉前搖晃
種子在瘦小的衣袍裡唱歌
田野伸展，像一頭奔跑的馬駒
閃亮的絨毛鋪開在大地上

誰聽見食物落地的聲音
磕碰著石頭
孩子在農夫的手上玩耍
詩人醒來。坐在一棵黃桐的根上
那根向著他的肉裡生長
他的臉放射植物的喜悅
遙遠的房子在野地淋浴
紅松閃爍著雲朵擦過的亮斑
大地！你是純潔和無限的深遠

誰這時會在土地的後面哭泣
拒絕獻上自己的心
那顆心已經熟透飄出了香氣
乳牛的袋子裡麥粒跳動
我的兄弟！你的喉嚨裡
記憶的金色鑽石歌唱
母馬下出六匹小崽
它們掌上的胡桃，一顆顆滾進
中午的太陽那支圓號
誰，這時，還把乾裂的胸膛
貼近孤獨的泥土
發出壓抑的，啜泣的聲音

向日葵

葵葉的爪子在泥土裡行走
越過石頭的飢餓
一種光明，一種呼喚
飽含籽粒的臉
高喊著貼近太陽
那臉展開他的痛苦
驕傲地忍耐
把尖銳的火焰
點燃在陽光的頸子上

太陽！我從腳底感到
你的升起的力量
穿透我的頭骨的
瘋狂！光明的鑽子
打開我的皮膚
我的一百隻暴躁的心
　　　向你躍動
生命站在一隻巨獸的翼上
一路切開黑暗
　　翻卷著光芒

這是你的宮殿
夾竹桃，石榴花，絲柏
在灰鼠的奔跑中
活著，獲得充分的報償
雄鹿渾身閃亮。而我
在和痛苦的搏鬥中
得到恩賜，把生命的深度
開闢在人類讚譽的大地上
我愛！我的頭昂著
為了在折斷前
　　　留住太陽

黃！夢想的顏色

火舌彎卷的光

佔領我的語言、脈搏

天空在葵花的盛開中無比嘹亮

生命！我的父親在裡面隱居的太陽

光焰！環繞我

看見我的光輝

突然從裡面燒焦我

我的心，為了追蹤你而攣著

在血液的枷鎖裡狂暴地歌唱

今夜

搖啊，九月！黑皮膚的孩子

在塔尖點亮燈盞

他的金桔在月亮上閃耀

搖啊，九月！把你的水甕在晚風裡敲

我的充滿祕密的日子

哪個時辰？在菊花的蕊裡

我能把我的願望

向熱愛我的人描述

我的額頭插滿蠟燭

向歡樂彎卷的喇叭

把我這時的喜悅
向安靜的隆河吹奏

愛我！鹿茸消逝的隆河
星星照耀我
幸福的嘴唱出的歌曲
像今夜的天空這隻酒罐
朝向我的驚喜傾斜
愛我，九月！搖吧
用圓鼎的尖足搖我
迷人溫暖的釉色晃動我
在黑孩子回到家的河流邊
我的心，今夜
你不會疼痛和孤獨

星夜

夜晚是一塊琥珀在顫抖
人，短小的蟲子
彎曲在馬蹄型的氣流中
語言在黑暗裡呼叫
誰從我們心靈的恐怖中奔過
把遠處的光明描述
把星座打開，火焰在天空竄動

我用貫穿村莊和震顫的絲柏的力量
向著自然，喊叫：我疼

兄弟，你的手伸過來
兩隻野獸的爪子纏在一起
我的詩歌，動物被傷害時的咆哮聲
天空的巨齒在山峰暴露時發亮
愛的廝殺，在高處飛翔的鳥
當河流突然劈開時更換他的羽毛
噢，哪一種鼓
會繃住你和我的皮膚
在黑夜的沙石裡湧流著血液
我們的創作就是鼓手
冷酷地砸擊自己的心
聽見它在無人的深夜
向著生命的夢想的嚎叫

肖像

告訴我，誰能用漩渦的爪子抓住痛苦
沸騰的琉磺；我的眼睛在�水裡搖晃
那顆心，在被你蔑視的地點，折磨你
當你平安地回到家園

穿過受難的海洋，失敗的帆蓬
在大理石般平展的水上
他們苦難的船頭震顫
他們的靈魂滯留在水裡
呼叫的聲音，使登陸者
歡笑的臉一剎那變僵

而我低頭啜泣
你的臉，在我整夜的痛苦中熠熠發亮
那是一隻狼失去狼崽時的眼睛
是一隻獨角鯨在石頭上抽搐
在汩汩的血裡看見海洋

痛苦。人類在第二天成為潑婦
我的骨頭在火焰上炙烤
骨髓成為塗抹食品的醬汁
我的靈魂，人哪
在你們失去純真
充滿了罪惡的晚上
在你們永無安寧的前方
像颶風摧打你們空洞的房子

藝術，穿過象形的字看見生命的源頭
陸地在搖晃！在心裡珍藏的珍珠

在黑夜，在鹽裡，為行走的人
放射劇烈的光芒

悲哀的布魯斯

攪動咖啡的手
在黑暗的地方
拉扯路人的衣服
燈光像蛾子
撲打著。在漿果的核裡
野獸的爪子出入
沉睡前的人把血的腥味
灌進嘶啞的喉嚨
夜啊，我聽你貼著麥克在唱
「無所事事
　──撩起你的裙子，小妞」

人類坐在椅子上
認真地糟蹋植物
鐘錶紀錄猥褻靈魂的次數
脖子彎彎的麥克瘋狂地唱
「黑心腸的夜
我的情夫是出名的賭徒」

無家可歸了！逗留者
抓著自己的臉隨和

墮落，在溫暖的夜炫耀畜皮
展示華麗的住所
松木在靈魂的寒冷中顫慄
猛獸穿過人群，不敢回頭
我在遙遠的國土感到那樣的恐怖
我的周圍掩埋著那樣的種子

侍者，迷茫的五官對著我
昏迷的人把胳膊放在
　　鯊魚的鰭裡
在嗎啡的幻象中遊動
我聽見整座咖啡店嘶啞地唱
嬰兒在厄運中哭鬧
石頭裡的先人驚慌
扔掉這塊土地嗎
藝術家！抑鬱貧窮
你只有詩！明亮的陽光
那是令人類內省的音樂
別的，一無所求

回憶

言辭！你未把我毀滅之前
番石榴的瓜瓣是乾淨的小手
拉著我行走
我撕事物的表皮像擠著葡萄
我的心，打開翅膀
在酒的圓核裡飛翔
那時人的面具都閒置在油裡
那時，我說過厭惡嗎

我的嘴是一匹馬
語言是晾曬的草料
飛鳥的雙爪埋在裡面
蜥蜴在旁邊造窩
我說到他們，會感到
經過我的心的動物的疼痛
把手放在字的上面
看見指節上長出一隻隻觸角

童年！我的詩歌乾淨的房子
田野是一隻球滾動
母親的兩個擔上掛著籃子
翠綠的葉片上奔湧河流
那時我像現在這樣面容焦慮嗎
把詩歌像一條抹髒的布洗來洗去

把嘶啞的聲音擰來擰去
把書籍狠狠摔在地上
一個雪天站在遠離人群的地方
當雪接觸皮膚的剎那失聲痛哭
那時我強調過讚美嗎
全身是閃耀的水銀
第一支歌在我的青春中
我露出小鹿犄角似的牙齒
對著生命毫不遮掩地笑著
那時，我走路的姿式
像一隻上升的水桶

回憶！這隻海螺
金黃的顏色使我看見
生命裡頭抽搐的肉
石頭收縮的聲音
　　　　肉的聲音
海浪梳洗著肌理
溺水者成為硬殼
在我的呼吸中傳出
他們死亡後明白這個世界
用寂靜向活人復仇的聲音
回憶！樹木一截截枯朽
　蜗蟻在斷面上

繞著圈子爬行
光明環繞著你
人哪！向前行動時
掉進最深的黑暗裡
其中的姣姣者盡力向外看
在日益接近麻木的肉裡
尋找──那隻海螺
我們還是孩子時
向著天空發出的笑聲

言辭！你未把我毀滅之前
我要看清你真正的樣子
生存在人群之中，我是一隻
未被異化成人的狼
躲開字和詞的陷阱
四周是含滿毒汁的喉嚨
在荒涼的地方晃動！季節
在人的眼睛裡潛藏
　　露出豹子的斑紋
我的心！你能不把你的嘴
探進擺放在泥裡的陽光的圓甕嗎
你能不為一隻動物哀號嗎
嬰兒在前方升起
他舞動四肢，啼哭

大地閃耀著未被人類玷汙的光輝
我能不歌唱嗎
我的詩歌行行連接
是一根鎖鏈抖動的聲音
是我的一隻腿，被人群壓著
我那憤怒和頹喪的叫聲

剝世界的根時在讀一行詩
只有站在詩歌面前
我會全身顫抖
聽見蟲子做愛的聲音
我的血，從詩歌的核心向外湧
那些字互相接觸趾爪
在糧食的光芒中爬行
空空的海螺，焦慮和崇敬
鑄造的大腦，遺留在女人的子宮裡
愛，渾身金光熠熠的愛
在液體中升起，手執海洋的牛角
從一支樂曲的開頭喚我
我看見，世間最精緻的
人的充盈白金的骨頭
被詩歌讚譽
祖先以沉默的方式欣賞
骨頭的尖刺上

那些蹲伏吼叫顫動
生命中心燦爛的野獸
那些，光明打開的
　　　無上的花朵呀

我的心！那時
你寶石的嘴唇
會顯露「厭惡」這二個骯髒的字嗎

黑暗裡的階梯

1991

在太陽下的人

在太陽下的人，寫作
心中黑暗的東西
翻出來曬一曬
在太陽下的人
出其不意看見自己——
吞吃營養，挾持
心靈的敵人，使你衰老
無法述說的恐懼
環繞你。有時
突然仇恨自己
在你裡面的敵人
當你在太陽下打盹
他帶著一個好句子溜達過來

在太陽下的人，夢想
把生活最裡面的
翻到外面。我們可以
重新活一遍。看看哪兒
太髒了。那時我們年輕
無所顧忌。哪兒破了
露著線頭，那時
我們不懂
珍愛分寸地使用肉體
我們在太陽下

開始懂得愛
我們剛剛感到
身體裡充滿知識和溫暖
死亡像時間折了
帶著一首好詩
從生命中間
抄近路走出來

在太陽下的人
感到陽光牽著他
離開他用一生
睡覺的地方

交換

活著的人
是死者的影子
他們發出聲音
死者在黑暗裡做夢
死者醒來
活著的人
感到突然的恐怖
活著的人
日復一日，孤獨
死去的人們
離開了家
在路上遇見親人
活著的人
一天一天衰老
死去的人們
正往想盡辦法
重新返回人間
活著的人孤獨
他們在見面時
向著對方喊叫
「誰會愛我」
死去的人們
緊挨他們站著
死去的人們

緊閉雙唇
帶著蔑視
復仇的心情
為了活著的人
永遠給死者
帶去壞名聲

地帶

那兒有水，花園打開
你唱著歌，紅裙子
夏天是裙帶上
花的圖案
日子在你轉身時
過去。鳥用一萬種方法
疊著翅膀。那時
我遠離家鄉，在路上
麥地寬闊的兩肋
呼吸著；土地
發出清晰的聲音
那時，我試圖跨越它
泥土環繞著大地
我用一千種方法表現
我的黃色臉孔
麥地嗡嗡歌唱
在東方

那兒有鐵。公路
穿過往日的田野
爵士歌手在高樓
黑影裡吹奏
無家可歸者
在夢中看見麥地

海洋在新大陸上升
十種不同的號
鳴響中，像性交
激昂著、滾動著
東方：家鄉的聲音
粉碎所有的日子
我在碎片堆裡
蒙頭哭泣。我
仍然試圖
跨越我夢想的
在路上，看見
我的青春
我正在經過的中年
像兩根削過
磨亮的肋骨
在西方的大地上
夾著我喘息
我發現，行走的
每個方向
每次衝動
清楚地、毫無偏差
向著：中國

尊敬

只有你，我的心靈

當我對人群絕望

對你熱愛

把火為你生著

你從黑暗和思想中出來

感到生命依然溫暖

點亮所有的燈

你試圖，與人類交談

他們簡單、愚昧

滿手是生活的瑣碎

你從憋悶的屋子裡出來

美好的事物

在光中溫柔閃耀

那麼乾淨

在生活的裡頭

只有你，我的心靈

穿過生命

跟隨我的摯友

雨水過後

你與在書籍中休息的靈魂們

交談之後

也許我們出去走走

陽光在樹皮上滑著

動物舒展四肢

從我們中間
輕捷穿過。鳥群
在夢中驚叫
太陽，寧靜
獲得一塊一塊
黑暗佔據的空間
也許，長時間散步之後
田野和我們一起回來
那些草會說
「雨水過後
我們期待一個好年頭」

返回

我曾因研究文字的技巧
抒情的力量
堵塞靈性的源頭

生活擊著他的腳
從前頭走過來
如今，我看見詩句

赤裸、直接、變化
無窮。突然而來
使我猝不及防

他們閃耀，發出
奇怪真實的聲音
文字像崇拜者

迅速出現在紙上
如今，生活
是另外的樣子

寧靜、純樸
使我的心
充滿愉悅

在我們的欲望中
失去的乾乾淨淨的樣子

黑貓

——獻給情人的少年時光

他蹲在琴蓋上，黑暗
是他的四隻爪子
眼睛，在發黴的空氣中關閉

我來到這個大陸之前
你就坐在那裡。聽見
母親和那堆肥胖的肉

交談。那兒的光線
是亮光中唯一的
黑暗。你身體緊縮

唯獨手指在琴鍵裡抖動
黑貓的胃裡
發出「咕嚕嚕」的聲音

肥男人的臉，在音樂中
向你接近。音樂喊叫著
因為這種聲音

你進入這間房屋
在黑暗的教導中
全力以赴地彈奏

父親的臉，出現
扭動，在你抓著
撓著的練習曲中

黑貓睜開雙眼。突然
張開四爪；性器挺立
躥向你的細小的臉孔

1992

家園

當我朝向，暮色
環繞的家的地帶行走
背後是離家出走的人群
他們唱著勞動的歌
帶著雙手像帶著錢幣
無憂無慮，從不問去往哪裡
當我告別青春
每天都在陌生人身上
看見自己的日子。我曾
因為善變歌唱
激情帶來幸福。每天
是一行詩。為了
我在追求、詛咒的事物

當我走上
在野生植物的簇擁中
空蕩寂靜的道路
河流，在周圍發亮
我曾進入揮霍過的
世界，輕輕、甜蜜
搖動在我的心中
我在寧靜的狂喜中觸摸大地
事物環繞在我的身邊
在他們自己的跳躍中歌唱

第一次，我把自己向上舉
在那樣的光芒中不用語言
表示我的感恩
青春熟透了，如同果實
在果核和果皮之間漲得滿滿的
詩歌，排成圓形
圍繞我的心
他們樸素，深情
在詩歌與心靈之間
是一個痛苦的人
一生的夢想和勞動

當我在充滿了光
一切的物體都在消逝
再次出現，轉換
意識的原野上行走
我感覺到「家」
在身體裡面
那些疼痛和理想
都在同一個家中住過
屬於不同的世紀
生命。我看見家
在我的血裡。我的血
環繞光組成的

房子流動。我的心
持續不停地拍打
放射純白的光束的：
　　　　房屋

年輕的信仰者

一生的努力唱一支歌
神帶著座椅
在你們心中沉思
神說：一年三百六十五天
每天，我思索
我幹下了什麼
孩子們，你們不使用頭腦
你們歌唱。歌聲
是曲折的通道
一端連結心靈

一年三百六十五天
當神思索
你們歌唱
當土地上豎立
新的死亡者的名字
飢餓，從一群人的身體
進入另一群
鱷魚結夥
從岸上爬回水中
仇恨，是一年成熟兩次的麥子
從人類的生活中生長出來
製造成麵包
慶祝時使用的酒

每天，眾神聚集
試圖弄明白
從他們插手人類
從哪兒開始
他們把「按照他們
模型塑造人類」
的活兒幹砸了
孩子們，你們
拒絕去看這個世界
只凝視你們的心靈
站在人類無窮無盡
怨氣導致的壞天氣裡
你們唱
把自己變成音樂
偶爾陽光的一部分

每天，試圖唱完
一生才能唱完的歌
你們歌唱
眾神無事可幹
你們把神幹砸了的活
歸置一番，重新幹起
酒和麵包還原成麥子
在歌曲和詩節裡

老人，生產的女人
看見糧食在心連接心
大地上展現
心成為人類深深熟悉的
泥土。孩子和情人
放在泥土中間。我們
從泥土裡出來返回泥土
在被傷害的情感中
我們唱著。在長久的怨恨之後
開始歌唱。到達這一步
用了整整一生的時間

返回

那不是你呆的地方，父親
那兒的蛇揚起身子
像年輕人交歡的樣子
那兒的深谷，每夜
聚集懺悔的人群
谷底的石頭，黑夜
朝著被遮住的天空
吼叫。父親
那不是你呆的地方
你的視線朧腫
鳥群在黎明巨大的
窗簾後面，昏睡

美利堅的孩子
在破了產的街道上
談論進行在沙漠中
正義的戰爭
濃煙像東方的花朵
遍地綻開。真理
在鋼鐵的爪子刨開的坑中
一切都停止演變
父親，那不是你呆的地方
到處都是中心
你心驚肉跳地發現

到處，是有錢的
　無家可歸的人

你要回到東方
回到簡樸的
溫暖的家中
那是老年人呆的地方
年輕人在睡眠中
急匆匆地離開那裡
那裡，天空就是天空
永遠不會有別的象徵
那兒生活的人們
是心滿意足的

設計

時間設計那道柵門
門那邊的風景、泥土
我的身體
是張開的豹爪
消逝在鐵的外面
柵門在時間的中間
柵門，切開風景、泥土

願望，是從土裡
長開的花束
河流在鐵裡流動
時間穿過風景
時間是一把鋸
鋸開空氣、泥土
我的心
像一位盲人
憑著記憶返回家園

時間設計那道柵門
兩眼含滿黑色的鐵
兩眼含滿
鐵裡無垠的泥土

土
地

我們兩眼乾乾，眼望來的方向
父親、孩子；白骨零亂
棄置在記憶的荒地
死人每個夜晚，回來一次
帶著一束花，衣襟上別著地址
辨認沉睡者；守著我們
離開時把花朵放在枕邊
我們醒來，看見陽光
有時聽見鳥叫。醒來
第一件事是拼命回憶
去了一個地方，感到
寒冷。我們幹了什麼。然後醒了
醒了就是遺忘
唯獨清晨的陽光在閃耀
那不是生命發出的光芒

我們兩眼乾乾，遠離我們
喝過、吃過，使我們感染疾病
疾迷顛狂的泥土
我們自願告別
仍在深深戀愛的情人
童年留在那兒，我們從此無根
從此，只在睡眠中
訪問親人。每個夜晚

回去一次，在黎明前
把一生中熟悉的臉孔
靜靜摸一遍。然後醒來
生活在兩種現實裡
我們以雙倍的速度衰老
對日常的生活和內心的世界
感覺重重困惑
我們，生活和挪動在疲倦
絕望、夢境、遺忘的裂縫之間

童年遺留在不能返回的
那片土地上。在睡眠中
和往日的情人做愛
在睡眠中，再愛一次
吻著、茗飲情人身上的土地
為昔日的愛哭泣。為昔日的愛
寫作。醒來，心甘情願
入睡。坐在陽光中，看見自己
為了那塊遙遠的土地衰老
把在孤獨中呈現的光芒和果實
痛苦地舉著；為了舊愛高舉著
在數不盡的異鄉人之間

毒品

當我在新英格蘭的夏天
清晨醒來。回憶那個姑娘
她的兩隻乳房在我夢中
我雙手仍舊殘留
抓住地鐵車廂裡圓型把手的感覺
我不動。生命在前進
她的兩隻眼睛使我想起貓頭鷹
我的愛在黑夜裡
在荒草叢生的田野潛行
貓頭鷹無聲俯衝
她的嘴含著我的舌頭
兩隻長著絨毛的長腿
夾住我的瞬間的愛
無限恐怖的喊叫

這是我每天吮吸的毒品
我愛一個女人
她的四肢白晰
她優美、文雅
她的手指輕輕
摩擦我的皮膚
愛情最堅定時
惡夢呈現

回憶左右抽打我的臉
把我推向七個方向
拼在一起。我在
不間段的暴力的夢中
在汗水潸潸的床上
愛著。愛著，幹著使心靈愉悅
肉體疲倦、困惑的苦活兒
愛著，發現自己上了癮

這是新英格蘭的夏天
暴力、愛、恐怖。我張開嘴
習慣舐食語言的舌頭
舐食小小的乳房
毒品和詩歌攪和
流動、沸騰在我的身體
七個靈性的部位
我向前進。生命不移動
我愛那個女人。她優美、文雅
教導我放棄詩歌
在她的美麗的肉中
在我的疲憊和迷失裡
在絕望的孤獨和她
充滿恐懼和神經質的愛中

看清，驟然明白
我──和我深深癮上的
各是什麼東西

白色的橡膠面具

我提著這張臉。他的面孔向外
二隻眼睛，鼓著的圓嘴
我想起HOPI
在一千三百年歷史的記載中
他們有眾多神祕的儀式
而人口在儀式中減少
HOPI張開他們的嘴
喊叫。那裡沒有聲音
我正在從睡眠中醒來
為什麼那張鼓著的圓嘴
裡面是漆黑的？我總是
在喊叫的、寧靜的嘴中
看見死亡追趕死亡
死亡踩碎生物的牙齒
死亡從不發出聲音
只是現身。像那張鼓起的嘴
喊聲從人類中傳出。人群消失

這樣是否解答了我的困惑
我的念頭抓著我的腳
把我向更深的恐怖裡拖
我是在睡夢中，還是在新墨西哥高原
看見那張白色的橡膠面具
人類的喊叫轉變成「能量」

物質依然存在。物質張著
向外鼓著的圓嘴。一代一代的人搏鬥
在崇敬神和靈魂的儀式中逐漸消失
死亡不得不張開他的嘴
讓那樣的願望、努力
悲壯地、憤怒地、冤屈地
噴射。這是印第安人居住的高原
許多河流消失。塵土從一個地方
挪向另一個地方。我在睡夢中
手裡攥著白色的橡膠
面具。三個黑色的窟窿朝向我
面具笑著。橡膠很厚
物質結實充滿彈性
我在醒來前就知道
我一蘇醒，就將充滿恐懼

寬恕

仇恨已經不是我此生
學習和需要從經驗中消除的東西
儘管我看見仇恨隨著新的一代在成長
感覺世紀在變。世紀被那些老人
用瘦幹的手爪抓著。一群一群的老人
想把這個驅逐了他們的世紀
帶走。我在青春揚溢的青年人
和老年人之間。像過一座橋
我經過這個染上那麼多病毒的世紀
我清楚地知道我在幹什麼
當我停止思考和寫作，當我凝視
橋頭橋尾和混凝土下面的人群
我聽到他們對我的辱罵
他們在自身的重量和自我的壓迫中
向上翻身。他們從舌頭裡
滋出精子。當我停止寫作
我知道他們是世紀有病的部分
他們被仇恨和自我褻瀆激動著
他們朝氣蓬勃，擁有無限的機會
他們之中的一些人，稱自己是詩人
他們用所有的時間在紙上
　　　描畫陰萃

我知道在此生有更重要的事情
要學習和在被人群羞辱
被不公平的對待中聽見靈魂的指示
把生命舉向更乾淨、更有靈性的程度
我在經過通向最終完成的橋
看見新的一代攜帶病毒成長
看見暴力、貧窮，仇恨像母親
將這對孿生子抱著。老年人
終於放棄他們的願望。青年人歡呼
具體的物質的欲望
像圖騰柱在二十世紀豎立起來
我的生活就是孤獨，寫作
在沉思中訪問我的靈魂
窗外是被人類汙染的雨水、風景
新的一代經過肉欲的窄門
掉到手術臺上的喊叫

罪惡是我們來到此世
要學習的課程。我們看見二十世紀
渾身發炎，他在高燒中暈眩
他在人類的新一代中迷失
一堆一堆的人群，在漫長的歲月裡流動
他們是二十世紀的膿。他們
攜帶仇恨、無知、自我褻瀆的激情

極好的想像力，成為歷史的罪惡
恥辱。他們活著
罪惡在人類的覺醒淨化的
過程中，那麼重要地存在著

週末

是你開始讀舊作的
時候。你返回青春的
舊房子。詩句領著你
所有的詩領著你
回到年輕時倉促
離開的地方。周末
你慢慢轉過身子
使勁看你來的方向
回憶那幢舊房子
你由於無所事事寫作
在陌生的地方
你重讀那些詩
淚水慢慢流出來
這是無數週末中的
一個。你深深愛過

無數週末中的一個
你轉身往回看
在陌生人之間
孤身，無人可愛
你就重讀舊作
讀時看見往這裡走的
自己。遠處
是那棟舊房子──

在週末，為那些詩
為你現在的這個樣子
流淚，惋惜

空白

夜晚在白天開始時
來臨。我的生活
每天獨自觀看落日
坐在低處的陽光裡
家在太陽落下的地方
我在海水裡。中國姑娘
她們細長的黑色眼睛
像在異國的自由
我是不說母語的陌生人
陽光在睡眠裡照耀
那兒是我的故土
那些熟悉的景色，那些臉孔
這是又一次不能完成的旅行
沉默中的生活
在睡夢的大道上遇見
往日情人，啞然無聲

母親，你從未夢想過自由
你留在故國。我昏昏欲睡
請告訴我：是否
我在糟蹋青春和激情
三十五歲，就習慣
坐在落日的光芒裡，每天
兩眼朝向家的方向

傍晚的風，漆黑的
從後面刮來。知道
回家的時候到了

母親，請在故國
仍舊喚我的名字
我每天醒來
心中就感到愛
太陽，在生命的兩頭
在大地的兩個方向，在
異國的闃靜的黑夜，太陽
圓圓的，在升起來

通道

生活，是環繞心靈的牆
你增長一歲
就把牆築得更結實些
從被圍困的感覺中
透過牆縫，——那是一天剛剛開始
透過來的亮光。那是
你忘記關閉自己時
在睡夢中，呈現的內部景色
透過這些，你看
那片樹木正在雨水中
自然生長的土地
當你開始新的一天
你砌那堵牆。牆越來越厚
你住的地方越來越暗
你越來越老

早秋的某一天，雨後的下午
你幹累了。無論是與自己獨處
或坐在那張舊椅子上寫作
你是在已有的一堵牆的表面
砌著，抹著。你幹了二十年
寫滿了字的紙堆得高高的
這些紙是你的生活。二十年
你像一頭牲口圍著它們轉

住在裡面。紙在陽光下面
越變越黃，你越寫越老
越幹越老，牆卻顯得越來越
　　　　　不結實

在這個雨後的下午
你原意只是歇一歇
看看那堵牆現在的樣子
你聽見牆裡面
一隻蟲子在叫
蟲子在牆裡面的潮濕的地方
叫著。唯獨這次
你由著他在那兒叫
你沒有把他的叫聲
貼著牆根鏟下來
放到你的紙上面
你沒有把那隻蟲子
塞進你的筆。讓你的筆
在慘白的紙上叫。詩歌
在孤獨的感覺中叫。那隻蟲子
一定是在一次睡眠中爬進來的
那次睡眠使你砌了二十年的牆
裂開一個小縫子。你聽著蟲鳴
心中這樣想。只是聽——，聽

不趴在桌子上苦幹
不把那張舊椅子弄得嘎嘎響
真好

坐在圓形甬牆的正中間
生活在你的周圍
思想的中心就在你的
屁股下面。你感覺身體在裂開
身體裡面有一個洞。慢慢的
你全身搖晃。你看見四周的牆
你一點一點地成為一個大洞
成千上萬種聲音，輕輕的
在你的身體這個大窟窿中
滑動。然後
移向更深更深的地方

停
止

痛苦的愛，愛中的痛苦
對於花費一生的時間
試圖看見靈魂的人
只是當他穿過自己的
肉體時，艱難的感覺
如果停下，你就
永遠沉陷進肉欲
總在血液奔湧時聽見
心靈在遙遠的地方
難過的低語聲。如果
轉身，向來的方向走
你把那些幹過的事兒
從結尾向著開始
朝著不同的方向，再幹
一遍。你會明白：死亡
是靈魂厭煩了一具肉體
出生是靈魂借用肉體
這支樂器，彈奏一小會兒
也許是歌唱。對於
整整一生，在感覺中
倔強地跟隨心行走的人
那是一痛苦的歌唱
歌唱中的痛苦

償還

童年在惡夢和恐怖中
結束。我那時很小
像一件縮了水的衣服
父母，他們失敗的婚姻
裹在我的身上。童年
是被他們撕開，分手時
各自執在手中的一張紙
紙上寫明我將有什麼樣的青春
對於生活，什麼樣的熱愛
憎恨，使我每天行走
帶著被從生命中
抽去幸福的表情

當我徒步穿過青春
這塊到處是潮濕的泥土的
土地。鳥群沿著南方向北
我臉孔陰晦。有時
我停一下，寫一首詩
像你在森林中迷路時
在樹幹上劃下記號
然後向前走
感到童年的傷痛
總是把你領向歧路
感到青春，像

中國北部的野林子
樹杈生長的方式那麼蠻橫
陰森森的。這種活的方式
有一種說不出的彆扭

坐在成年乾燥的地方
三十五歲之後
生命中到處都是塵土
愛和孤獨
是唯一值得
你向此生索要的
年齡，一塊下了水的布
繃得緊緊的，比早些時候
結實多了。讀著
你寫下的那些詩
那麼容易地回到
你一開始動身的地方
童年，仍舊在老地方
仍舊，充滿夢魘、痛苦
只是當你回到那兒
你帶著那樣的溫柔
被深深感動著的心情

說給自己的話

你一直向前走
你感到，身體
越來越沉重。你向
最後的方向，也是唯一的
你喜歡的方向走著
朝向這個方向越走
你越感覺自己陌生
這時候你意識到
從前你一直
在你走著的方向裡埋著
他們從路的兩邊
路的前頭走過來
帶著工具
或什麼也不需要帶
埋你。帶著工具的人
動作優雅。什麼也不帶的
只是笑笑。你一直向前走
你用單純的頭和誠實的手
在最硬的地帶
給你的生命刨坑
他們笑笑。在你
走出的路的兩邊消失
那些用來埋你的工具

是你曾經深深感激
　　懷念的事物

當你真的意識到
你在真摯的甜美中
正在經受汙辱
感到，你正在把身體
從掩埋的狀態中拖拽出來
這是你唯一喜歡的方向
最後的方向。沒人
能夠在這兒汙辱
邁開大步行走
在夢想和純潔的
寧靜的大道上的人
沒有一個人
能夠改變這個
唯一的方向

獨自一人

這就是我們的愛
你不轉身，向來的方向走
樹木在春天
生長的方向朝向樹根
風從樹的前面吹過來
春天，人類和植物
開始發情。春天
所有的思想朝向
來的方向。這是我們的愛
當成雙的手觸摸到根莖
愛情在發冷。動物
四肢在對夏天
恐怖的回憶中伸縮
我在苦苦地寫著
儘量什麼都不想
當一節詩完成
我能感到，下一節詩
必定帶著屈辱
痛苦的經驗
在一開始的嘗試中
猛然展現開來

這就是，愛的太多的愛
沒有情，只有思想

像一個女人，乳房堅挺
面孔削瘦。她說愛你
就意味愛你。把你
像肉腸似的包起來
你感到，在愛的方式中
去掉動物的願望
人類如此容易
感到絕望。你是一塊肉
或者，剔得乾淨極了的
一根骨頭。你喜歡的愛
總在沒有獲得的部分裡
愛的太少，愛的太多
都使你成為——可笑的
使人不舒服的人

乾脆不要談愛
不要去想。讓你
試著在生活中犯犯混
夏天暴雨連綿
陰晦的天氣傷害
事物的根莖。冬天
我們習慣坐在家裡
寫詩。由於百無聊賴
修改過去的作品

異鄉的單身生活

租一盤錄影帶
買六瓶一盒子的啤酒
跟酒鋪的那個老頭
說「晚安」。穿過
寂靜的充滿了黑夜的
街道。身後的車燈閃亮
你在中國,毫不猶豫
與舊日的情人們分手
如今疊得整齊的床
就是你的情人。週末
摟著情人的腰,一瓶
一瓶地喝酒
電視的音量開到最大
這樣容易忘記自己
瓶子排列,圓圓的
瓶口在燈光下閃亮
這樣就抵消了
找不到可以戀愛的女人
的羞愧心情。總是
在孤零零的感覺裡睡去
總是在異鄉。週末
懷著犯罪一樣的心情
抱著一個牛皮紙的口袋

獨自穿過，寂靜的
充滿了黑夜的街道

臉

在你停止思想、恐懼時
臉像一張被烤過的皮
向內卷著。這會兒時間
像一群老鼠從頂層的橫木上跑過
你聽見那種小心翼翼
快速的聲音。你的臉
寂靜中衰老。你感到身體裡
一些東西小心翼翼
快速地跑過
感覺猶如，獸皮
在火焰之中慢慢向裡卷
把光和事物的彎曲
帶走。我在四周的黑暗
肉體的寧靜中看見人類的臉
在一百年之內向外翻卷
像樹皮從樹幹剝落
由於乾燥和樹汁的火焰
人類的臉在曲折和迷惘中
與生物的精神剝離
暴力創造生存的寂靜
寂靜中心一層層彎卷著的
恐怖。一些東西快速
小心翼翼地從人類的記憶中跑過

帶著火焰燃燒的灼熱
事物消逝的哀婉的情緒

這是當你停止思考、恐懼時
感到的。清晨
你正躺在床上。陽光一點一點
向床頭移動。房間越來越亮
你聽見事物不可逆轉地彎曲時
的叫嚷

被經驗的蛇

一個地方到另一個地方
他們，貼著泥土遊動
下身發光。頭部
遇見障礙時揚起

黑暗的力量
當他們豎立身子
就一直向下，向下
犧牲者抓住的光
認識真理後的忍耐
是垂直向上的

乾燥

當我在沒有詩興的日子閒逛
穿著紅色夾克，晚秋的樹木
在灰暗的天空像一群
溜鳥的中國老人。鳥群
張開翅膀，不再鳴叫
唯獨這裡的樹一年變黃一次
黃到根部。當我停止寫作
樹葉一陣陣飄落下來
那些葉脈在奮力地蹬著
遠離自己的家鄉時向根靠攏

事物越來越乾燥。年輕人
比過去的時代更加欣賞
毫無意義的衝動。居住，離開
都是遠離靈魂的事情
在哪兒都沒有家的感覺
在習慣的地方覺得百無聊賴
在陌生的地帶難過的痛不欲生
哪兒都不是家。失望，怨恨
伴隨樹木一棵一棵
在陰暗的天空乾枯
詩人停止寫作。商人
在美利堅共和國競選總統

穿著紅色夾克
我在晚秋哀怨的街道上走著
事物和生活的地帶
失去的水份，在很少一些人
孤獨的不放棄的沉思中
優美地繚繞
那是完全不同的情景
苦難和歡樂，像一棵樹
根部向下。呈現的部分
是朝向天空的。那裡
家鄉就是人類——
一切被讚揚的
都和日常的生活相聯
是和靈魂有關的事物

第二天早晨

新世界在一夜之間

誕生。共和國像一條蛇

在人民的面前褪去

衰老的、在怨恨的氣候中乾裂的

皮。共和國扭動。人群

挨著人群，呼喊

我，另一個城市的詩人

看著白種人、黑種人、黃種人

擠在一起，人民

搖動身子，舞蹈

在詩歌的孤獨裡的心

流淚。那張

陽光中捲曲的蛇皮

霧氣後面中國的意象

那裡人民呼喊、扭動

人民是一條蛇，褪去

衰老的、野蠻的、堅硬的皮

人群在黃色的泥裡捭打

掙扎著死去。掙扎著

　　　　　誕生

一夜之間，血

記憶染黑的血，流了出來

沿著記憶，流向中國

血不是生產的母親的血
是死亡的嬰兒
四肢裡的血。一個靈魂
離開消逝的肉體
人民在詛咒中
麻木地降生，麻木地
死亡。由於恥辱，體內
流出另一個生命的血的恥辱
中國的孩子們逛蕩異國
中國的老人，千里迢迢
　　　奔赴異鄉

新世紀被死亡者、冤屈者
生活中無辜的受難者
東方、西方，躺下的、跪著的
站著的一代一代渾身是血的人
舉著、托著、扛著
沿著人類的地平線
向歡呼的我們移動過來
白種人、黑種人、黃種人
棕色人種擠在一起
人類第一次互相抱著
在東方，太陽
不停止地在家鄉的方向向上升

在我們站立的地方
就是現在，新世界
被連在一起的人簇擁
向上推舉。新世界
在早晨的陽光裡歌唱
這一切，塑造了我們人類
本應具有的樣子

丑角

我信了你。在異鄉
我的臉皮粗糙
內心空洞。黎明
是一條隧道，點著燈
日子像掛著許多節車廂
誇張地呼嘯的列車
我的心，紅紅的
總是來不及躲避痛苦
像穿過隧道
鑲嵌在鋼鐵裡的人

愛情排著長長的隊伍
吹奏手，舒緩有序
在隊頭吹奏，原地
踏步。我搬弄口舌
心躲閃，在言辭下面
掩埋。由於愚蠢
在我生活之外
人們笑著。由於
太少的羞恥
我轉過身子
就把人類的臉
在暗中狠狠地抓
撕開。像我

憤怒地撕開
誇張喊叫的女人

我笑著轉過身
信嗎？我能表演
屁股准而穩
坐在心的上面
笑得絲毫不露
苦難的痕跡

減肥的詩

我想讓你讀完
我的詩，嘔吐
難受的四肢撐著
一堆生銹的釘子
在你胃裡。我用詞
精確地偽裝現場
殺人不露
真實面目
或者像看電影：
非洲，赤紅的田野
一隻披散頭髮，在
吃自己下肢的野獸
我在靜靜的光線中
從詩集的最後一頁
充滿仇恨地向前
向前。奮力刺穿你

十個美元，你
買下我的私生活
從童年的恐怖開始
一次一次，帶著
仇恨的甜蜜
我認真完成自己
現在是第十三頁

不足二十分，你經過
真正殺死我的童年
殺手在童年
永遠不暴露真實身分
我在惡夢醒來後
渾身發冷地寫著
你挫著我的青春
非常容易
翻了過去
我死後復活
只是由於
復仇的願望
我成為詩人——
賣掉我的思想
展覽疼得抽筋的
日子。我讚美
心中充滿歹毒的念頭

一堆長鏽的胃
蠕動在一堆釘子裡
拿書的一隻隻手
永遠沾不上著作者
流出的血。從
詩集的最後一頁

我像一隻
瘋了的野獸
一直向前。向前
我和你們
奮力開創新生活

肉的恥辱

放棄取勝的決心之後

我發現當人群轉身

他們的手掌鬆弛

幾分鐘前，那些肉棍

曾互相搗著，攪拌著

榮譽像一塊被剁碎的獸肉

這就是節日

觀眾飛快地轉過身子

寂靜，是表演者的出口

觀眾身後

孤獨極了的日子

受難和幻想

面向人群——，激情

在蔑視中的忍耐

放棄取勝的決心之後

它們筆直地返回

你最終在寧靜中

得到寧靜

歌的聲音是不可信賴的

那種聲音，彙集太多回聲

混合觀眾的竊竊私語

肉體的味道，與被

格外精心修飾的衣服

歌唱者，能不能
在他充滿歌唱的欲望時
在體內聽見：純粹的歌唱
只和他的內部生命有關
純粹的聲音
響在裡面。也許
僅觸及靈魂
不是靈魂外面的
那些衣裳。不是
震顫著的肉
和肉裡含有的恥辱

在寧靜中看見寧靜
感到和平
來自心靈的深刻的
光榮。你是否
能向你想像的榮譽
背過身去？在
觀看者走開之前
在痛徹肺腑的恥辱
所有肉的欲望爆發之前

瘋狂的男人

在對聖母的歌唱中
七朵蓮花
盤旋閃耀
在神經質的肉裡
我嚼著文字
一路吐出愛
神聖的母親
出生以前
我就活在神經裡
自從──你不經過
肉體，只是渴望
靈魂移動
我就匍匐、膜拜
活在你的肢體裡
活在神經中，活
在對靈性病態的渴望裡
我，瘦弱，敏感
活的不合時宜

瑪麗亞，在東方
你的名字翻譯成
忍耐中活著的母親
父親死於長年戰亂
死時面向東方

雙眼睜開。從此
我們活在他的注視中
行走，小心翼翼做愛
都聽見他野蠻的吼叫
他釘著補丁的鞋子
踹向我們乾瘦的臉

在純粹對自我的不幸
歌頌中，在崇高的
讚歌裡，我們上癮地
裸露、訴說，對於
人們的不幸不屑一顧
我們敲打受難的經歷
像敲一顆生銹的釘子
那聲音，使我們確信
我們活著，在必要的
疼痛的感覺中
那是我們的身分
向著黑暗釘進時
感到楔進
具體的物質的快樂
我獨自在疾病中
寫作。點燃一支香
一支曲子從頭到尾

反復。開始

開始。哀傷的

崇高的開始，僅和

活在神經裡的人有關

我固執地活著

孤獨，渾身疼痛

七朵蓮花

盤旋閃耀

在充滿不合時宜

念頭的大腦裡

活在向著最後呈現

展開的世紀裡

我，渾身疼痛

乾淨，病入膏肓

傳記

貼著黑暗發亮的獸皮
向下滑。夜晚
嚼著小動物的腿骨
我試圖看清
被疼痛壓平的過去
那個白種女人
在幸福中望著我
不懂為甚麼我總是
充滿憤怒。不懂
緊握槍桿的政府
能夠改變，一個
肉體裡的靈魂
那裡，唯一不被摧毀的
是肉體。肉體能夠
在黑暗中冷靜地彎曲
靈魂在恥辱中呼嘯著離去

坐在野獸的獸性
根部。野獸的性器
閃耀在我的腦袋裡
我一定在這個黑夜
覺察到了什麼。二根
最短的指頭，攥著
招著，吐出「祖國」

這個詞的嘴唇。祖國
那是我在羞恥中
流落異國的原因
貼著黑暗亮閃閃的獸皮
我在白種女人的愛中
哭泣。純粹的愛
崇高的愛。我竭斯底裡
仇恨我的過去

誰能停止
向著來的方向，仇恨
蔑視，羞恥中轉過身子
開始往前行走的人
黑夜保持我的
體內溫暖。誰能
把長久的憤怒後
覺醒的人，推回到
憤怒裡，無論
是在異國還是祖國
當靈魂靜靜地返回
返回，和你的存在
認同。肉體是脆弱的
堅硬的，當你感覺到
靈魂。光開始出現

光就如同物質
把你清楚地向上推舉
你在道路的中間哭泣
感受哭泣裡的完整的愛
誰能停止你
停止你的，最終只有
使用的太長太久的身體

美麗的白種女人

美麗的白種女人
你的愛情，像
跌進陷阱的走獸
愛的方式，是野獸的
悔恨，朝向遠方的土地
聲嘶力竭地怒吼
我是你的黃種男人
在你上面，如同
留著鋤頭刨過的痕跡
圓形的坑口。用愛
撕扯和捕捉
你的尖銳彎曲的爪子
鉗住我的根。胳膊
在我的神經裡擰著
搖動。用愛的方式
發洩你在童年時
被抑制的仇恨
我是你的黃種男人
在愛中，抓、擰
你的完美的肉震盪
向陌生的暴力的世界
用竭斯底裡的愛報復

用愛，一點一點
甜蜜、陰毒地
殺死自己。我和你
一樣：對人類的恐怖
刻骨的仇恨，來自
童年。從根部開始
消除對〔人〕的記憶
我們使勁搖動著
欣喜若狂。我們
掀開嘴唇，露出牙齒
帶鹽粒的血，滋補
體內的那對壞孩子
更強烈的仇恨
在生命裡成長
和愛一模一樣
長著、長著
連接整個世界

美麗、傷感的
白種女人。我們
深深愛著，那麼
相像。根和根
聯合。肉吸吮肉——
人類一起生活的象徵

在恐懼中聯合
以〔愛〕的名稱、方式
嘴連結嘴，熱吻
殺死。死於根部
困惑。肉裡
重重的恐怖

新調子的夜曲

一碼，一碼，朝向西方
我們開著「愛情」
時髦的車子。車頭
切開白人的歡呼、失望
愛切開我們的身子
我們生活在陌生的國度
白人和亞洲人的愛
是一道烹製複雜的湯
唯一的不同是，白人
喝湯開胃。黃種人
喝湯意味
宴席結束

做愛，恨喃喃的分手
白人喜歡将直嗓子
叫喊。皮膚黃晰的人
只是一個眼神。一碼，一碼
在肉裡移動。唯獨在床上
人類被允許
盡情發洩仇恨
嘶咬、辱罵、噴吐髒話
全是愛的有味道的證明

朝向西方，我們的愛
帶著慢撒氣的四個軲轆
每個深夜，穿過
成長的痛苦。像一根
被打彎了的釘子
我們做愛。做出的愛
奮力穿過種族
與種族的寬闊的罅隙
那是在黑暗裡
完成的過程
肉體閃耀。我們知道
我們是誰。不知
　　我們在哪裡

黑暗裡的階梯／153

履歷表第九頁

在八張紙上
手腳攤開
我的〔過去〕躺著
我喝多時
趴在床上
就是這個姿式
電腦嗦嗦地叫著
舊日無語。從第一頁
到第三頁，到第七頁
我的生命裡
沒有任何東西
這樣快速地尖叫
聲音總是鈍的
像被金屬，比
金屬更硬的苦難
忍耐，──挫過
磨平上光。狹窄
沉重的生命
在紙的下面
閃閃發亮

八張紙完美地
呈現我的生活
我是這份履歷表的

履歷。生命
痛苦或者希望
從未像履歷表
這樣精緻、完整
一個叫彼得的男人
在電腦裡拆開我
拼湊，上下挪動
生命；修改錯誤
手指一動，就能
抹去什麼。我的生命
沒有任何東西
能被抹去。我
在惡夢和清醒時
魯鈍地喊叫，渴
望能夠上下挪動

這是我的故事
扁扁地滑過
影印機的雙層玻璃
很快，會被回爐
下次是另一個人
那個叫雪迪的
靜靜躺在
八張紙之間

忍耐那張
被固定的臉
挑剔地掃來
掃去，掃去
掃來的眼神

黑暗裡的階梯

那道門鎖著
生鐵從鐵裡伸出
在冰涼的黑暗中
閂住黑暗
樓梯最後一節
下垂。垂下的梯子
我踩著它
從危險、疼痛的夢裡

攀登上來
日常生活中
我總聽見
「嘎吱嘎吱」的聲響
黑暗在不清晰的光亮中
成長。成長的力量
敞開所有的門
長著什麼樣的臉
孔的人，在我
生活裡逛蕩
踩著。二條短腿
在我腦子裡
不斷地狠狠
互相踢著，踹著
近來我的生活

下垂。聽見
「嘎吱嘎吱」的響聲
沒有任何東西
沿著緊張的生命

攀登上來
所有的門
在鎖著的狀態中
敞開。在垂下的
梯子下面，我犯著擰
向頂端爬。所有的門
在敞開的狀態中
牢牢地鎖著

猶疑的人

由於遠離青春
最後一次失敗的衝動
那次衝動，使我
倉促地進入中年
或者，遠離家鄉
祖國的泥土乾燥
我的綿延不斷
關於家的夢，使我醒來
成為舉止怪異的人
使我困惑。當我感到
中年人背井離鄉的痛苦
疼痛是真實的？還是
夢中有意體驗的
那種痛苦？我們
總是清楚地知道
需要什麼。不是錢幣
是走火入魔地相信
抽象的東西。國家
精神。因為信仰
去死；殺死別人

疼痛像肉
破了流血、化膿
平和的日子生長

緊密地連結骨頭
我什麼都不相信
懷疑自己。總想
離開自己遠遠的
總有傷害自己的在
深思熟慮中的衝動
從未真正喜愛
自己。由於無奈
由於在中年
遠離家園的痛苦
我會有時忘記自己
在寬闊的背景中寫出
驚奇地寬闊的東西

忠誠

忠誠就是孤獨。經歷
自己對自己的諾言的
懷疑。孤獨是向內
純粹自我鑑賞的美
經驗的美；恪守
對孤獨者的諾言
他在水下，打開
軟軟的皮膚瞭望
他的思想是他的鰓
在水中乾燥的地方
一張一合。宜人的
在顫慄中的美誕生

我們的皮膚在陸地
和陌生人接觸
變得僵硬。腮快速
移動，我們叫它：鱷
向外的語言是諛媚的
爭寵的努力中，隱蔽的
在愉悅中的醜堅決來臨

我搖著，用力摔打
在破碎中鼓奏
東方的古琴。忠誠

是最古老的美德

孤獨是知〔道〕者

居住的乾淨的塔

古琴、塔，失去國土

新的一千年姍姍來臨

審醜和毀滅的美學

　　已經完成

聖誕之後

人臉不可阻擋地
長出樹幹。圓形的甬道中
巨樹沒有底。數不盡的繩子
繫著粗糙堅硬的樹皮
我認識那張臉
多年以前，我醒著
他向我微笑過
一旦我在夢中想到
「過去」像細細的病態的脖子
連接這張臉。所有繩子斷裂
像歷史書本裡的喜馬拉雅山
筆直塌陷。主峰消逝
繩子斷裂時的暈眩
完整的繩子瞬間出現
兩個毛茸茸的端頭，四個
八個，十六個。足以
使我在夢中睡得更沉
巨樹滑動。圓形的甬道

深深。原先潮濕的地帶
洪水氾濫。人臉下沉
人臉快速向前移動
回到過去——未來銜接的地方
像一朵葉芽，在黑暗的圓形

甬道內壁成長。無窮無盡
巨木隆隆作響。向圓的中心
向底部滑動。黑暗聚攏
填塞黑暗和黑暗的空隙
我在睡眠中
控制著自己不要醒來

無窮──無盡。圓的後頭是圓
水的下面，是水。黑暗
上面仍是黑暗。人的臉在下墜裡
往成熟長。隨同滑動的木頭
消逝在尖形的遠方
遠方在沒有盡頭的圓圓
深洞裡。那時，我看見的人
自己救自己。在沒有底的
黑暗甬道裡漸漸醒來

我和在黑暗裡深深愛著的
女人造愛。無窮無盡
繩子整齊地斷裂
巨大的圓木筆直地墜落
人子的臉，在黑暗的中心成長

1993

新年

早上好，孤獨
一九九三年，小姐的長腿
在異地的被單裡壓我
一九九三年的陽光
是一顆被擠碎的蘋果
我是黏在果核上的肉屑
早上好，孤獨
一九九三年，先生的肌肉
隆起的膀子，在陌生
家園的早晨夾住
我的孤獨的脖子

愛著，全身削瘦
使勁全力地愛。染上
抱怨、憂心忡忡的壞毛病
那時我走在家鄉的大操場上
我那麼幸福，單純
還沒愛過一個女人
也不懂憂慮
家鄉的紅磚樓房，低矮
陽光從清晨到傍晚
從七個方向，照耀
我的清閒的屋子

新年好。新年
像一匹曾被暗算的馬
舊年的裂開的臀部
朝向我。血將從我的
這一年裡不停地流出
從我出生，我在
向著哪兒？出生
是又一輪迷失
新年好。我汙頭垢面
咬著牙齒。愛──
我有古老的靈魂
我有完整的
無比古老的孤獨

交叉的現實

當我安靜地躺著
雪在三小時後降落
雪耐心地，把一月
完整地漂白。我在潮濕中
遇見十年前的舊友
一塊隆起的肉把他帶走
他怎麼返回的？神采奕奕
讓我摸他的肉：肉是熱的
身體溫軟。當我靜靜躺在
降雪前的屋子裡
聽見舊椅子嘎嘎響
寫字臺上的筆滾動
窗外的天空像情人的性器
燃燒著；在驚悸中
看見童年時閒逛的大操場

屋子的舊日主人們
在狹長的光中出現
頭次看見他們，是熟人
情人神經質地安慰我
當我向愛情呼救
情人在恐怖中尖聲喊叫
我在漫長的睡眠裡搏鬥
拒絕著，落向更深的睡眠

舊友的肉是熱的，柔軟
家具移動，過份地哐哐
響著。我從未這麼清楚
知道我在哪兒。在靜靜
落雪的屋子裡，我看見
我不留痕跡地返回

天堂的通道

我遠遠看見他
睡眠是一輛
許多座位空著的
窄長車子。我看見我
坐著，前往一個地方
半路上，在左邊
我看見他細細地
展開：神祕的赭紅
桔黃，幾乎使我醒來
天堂就在我的感覺
後面，就差一點點
如果車子開快一點
或者完全停住
也許我會成為
唯一的一個：看見天堂
然後返回。我無法告訴
人們，那條通道怎樣
使我在半夜幸福地
醒來。車子開到終點
熱帶的地方——
我在逐漸醒來時想念
兩個我愛的女人

周年

從根部，到在陌生的地方
看見果實。什麼東西消失
什麼東西失去？周年：
避不開的爭吵。人民圍攏
住在根的旁邊。土地告別
我的兩腿，留下陰器
在二個相同的日子間
激情不經過生殖部位
直接摧毀我的臉
我看見果實。一種
奇異的幸福感失去

這是人民付出的代價
父母的代價。他們老了
孩子不幸福地生活在異鄉
返回是另一種不幸福
國家老了，人民
想著早點離開他
走的感到「走」的痛苦
全是和靈魂有關的事兒
我們不知道。一年
一年，像硬幣的兩面
識別他，使用
什麼東西消失

周年，與自己定時的爭吵
誰信呢？人民仍舊
盡可能近地挨著根住
遊蕩的人無語。僅僅
一段距離：在一樣衰老
的臉上，你會看到
幸福，和不幸福

向內，向內

當有一天我發現
我的愛是我的
活著的疾病。病根
是我的童年
像過早播下的種子
心是好的，種子
無法穿過嚴寒
和在孤獨裡
被毀掉的童年
當我嘗試著愛
我發現‧實際上
我在恨。沒有什麼
值得怕了
除了愛、恨本身

問題不是活著還是
去死。向哪個方向走
都把疾病延伸
只是意識和不意識的問題
如果我沒有試著愛
情況會好一些
我不會像現在這樣
痛恨自己。抽自己嘴巴

清楚地看見
生命的有病的狀態

白天，看見這張臉
越來越醜陋、衰老
看見恨，怎樣在肉裡
把根粗魯地向下伸
我假裝神采奕奕地活著
活的那麼噁心
在睡眠中，全身上下
沾滿了屎。睡眠
像一個糞坑。我的身體
是橫在糞坑上的
一塊板子。醒來
是在板子上走過去
看著腳下的糞便
奮力地爬著的肉蟲
相信看見了前生
看見：內在的自我的形狀

我對不起我娘的
子宮。那是比糞坑美好
溫暖的地方。那裡不曾
接受過愛。只是一張板子

橫過去。這就是我的病根
愛人的下身，曾是我
唯一愛過崇敬的地方
唯一在那裡
我讓我的生命
小心翼翼經過
滿含敬畏。我恨
她的頭腦她的思想

我愛她兩眼發亮
全身充滿愛情，叫
「操我」的樣子
我的身體充滿靈感
感到此生垂直豎立
向上：在仇恨中愛
在愛裡仇恨
帶著成年變硬的身子
返回童年。或者
我是夢。現實生活
是我熟悉的：糞坑

有一天我發現——
被愛使人墮落
愛，使人絕望

愛　　　你是否能在忘記中
　　　　學會愛。在放鬆中
　　　　理解愛，與自己所要的
　　　　當身體像雨裡的雪地
　　　　被踩過的痕跡
　　　　即使在寒冷中
　　　　也在迅速消失
　　　　你是否能在壓制著的憤怒中
　　　　理解憤怒。他們來自愛
　　　　以愛的名義和膽量
　　　　毀掉愛情。當心靈
　　　　比肉體更渴望互相接觸
　　　　那是最危險的時候

　　　　絕望的時候。愛成為具體的
　　　　比性器更具體、更危險
　　　　愛是一支發狂的軍隊
　　　　在恥辱中的童年。愛是
　　　　你想要的一切。今生今世
　　　　你得不到的一切，向愛索要
　　　　你意識到的一切，都是
　　　　危險的。你知道開始
　　　　不知道怎麼停止
　　　　以愛的名義，你濫用此生

愛是心靈的能量，是在內的
當你把他如數向外放出
他可能成為恨，並
使你失去自己。當肉體
比心靈更渴望互相接觸
那是看得見出口的黑暗
強烈的愛和強烈渴望
得到愛，是在高處的
黑暗中。那裡我們學習
痛苦的、在不公平的
感覺中，度過此生

你，你和我們
愛只是靈魂的成長的開始
他也許需要幾次肉體的
毀滅。肉體的極度苦難
不是靈魂的，是意識的
受難。誰懂了
誰就在高處的黑暗中
看見在高處的
　　　　　　出口

困難中的愛

和解的時候
我感到接近源頭
我被詩歌長長的籃子
搖著。我的手在另一個現實裡
寫出散發植物香氣的詩句
我的肉體在困難的時刻
享受那些詩句，使在
意識中的此生獲得拯救
接近源頭。那是
不帶有自我強烈意識的
喜悅。生命是液體
搖晃著，傳送出美妙的
自在進行著的讚美
那時詩歌的籃子
就在這片明淨的搖盪的
水中，上上下下
活著的人們感到愛和被愛：
清澈寧靜的幸福

在困難中的愛，是我的詩
在另一個現實完整的一節
結束。新的一節誕生
還未顯現出來。我摸索
返回時迷失。感到生命

在內在的自我中哭喊

感到寫出第一句，就

和整個生命連接起來的艱難

此生的艱難，使此生

在另一個現實中

無阻礙地滑動。越多的愛

使我們的返回、困惑、受難

降到最少的次數。那隻

詩歌的籃子

最終滿滿地盛著水

在此生的最後日子裡

向上升。水連接水

水拉著水向上

在詩歌的清澈寧靜裡

為仍舊有許多次生命的人們

在自己的完整的愛中

為他們祝福

粗糙的獻詩

愛情：自己對自己的戰爭
我愛上我的隱蔽的部分
愛上金髮碩長漂亮
神經質的女人；一雙長腿
在肉體的堆滿東西的
空房子中晃著。體會到
肉和肉是這麼累贅
（這是父親從母親的肉裡
把我挖出來的原因）
感到唯一喜歡肉的時刻
肉卻頂不上勁。我愛
試圖在另一個生命裡
看到我的被接受和稱讚的部分

愛情：沒有勝利者的戰爭
愛情是一個人的事
我們觸摸，把兩個人
對在一起，直到停止
對自己的生活的感覺
或者啜泣，嘴唇長皰
整個人一天一天老下去
你無法除去在你裡面
那另外的一個。無法
恨他。無法愛她

他們陰鬱、充滿活力地
生存在那裡。你無法
用你的意志贏取
你仍未意識到的事物
（因此我們去愛，不是愛
我們談和弄，不是感覺）

三月

三月即將消逝。像
越走越遠的人，走的越遠
越對此生充滿悔意
我們在白天哭泣
為了一批告別的人群
挨的太近的肉體的空房子
震顫著，靈魂在裡面號叫
靈魂要求他們的硬殼
彼此看清距離。夜晚
敏感的人寫作，保持沉默
困惑的人們做愛，竭力
感覺身體之外的東西
而你整夜哭泣，肉體的
大房子空空的，回聲
顯得格外悽楚。我愛你
女人：在雨加雪的三月
你越走越遠。對肉身
平安和穩妥的想像
使你在今生
和靈魂拉開距離

我儘量不使用身子
在崇敬的感覺中
體驗成長的靈魂

和越用越老的肉體的
關係。像我在寫作時
和我的許多前生交談
在做愛時失去意識的
旅行在愛中，當肉體
感到疲憊，就感到：
返回時的閃耀和困惑
就知道怎樣哭，喊叫
抱怨；和迷失的女人
一起穿過暴力的情愛
三月消逝。靈魂的喊叫
給這個擁擠的、越來
越髒的星球
帶來數不盡的翻滾的風暴

家信

1993

雨天

來自生命的欲望

具體、說得清楚的

欲望，在中年的緊張中

緊張猶如一股

不勻速流動的水

童年是個細窄的

被石頭圍繞的坑

四匹來自回憶的馬

沿著河岸奔跑

看見他們變動的姿式的人

說：那是馬群

奔跑。馬腿的下半截

那麼像情人

放鬆、快活時的眼神

彙集、停止在中年的壓力

來自出生與晚年

像一群沿著河岸移動的馬

穿過時間的亮光

力量粗暴地向內

僅僅在一個時刻

承受整個生命的壓力

躍起，感覺重量

令人喜悅、滿意的輕

看見凝聚的

堅固的中心的美
或者粉碎。或者
感覺一個普普通通
精力無處宣洩的中年

反光的事物

在厭煩的十二點
我穿過這座昏暗的城市
北美的城市。異鄉人
跨過一條條街道
牙醫用一根打蠟的線
清理訪問者的牙縫。一天中三次
我死勁兒記一條街的名字
生怕錯過該轉彎的地方
嘴裡是被澈底清洗的感覺
一個月,三十次。一次,三個月

喜悅或者厭煩
假如我停止想,切斷思想
我就不再是陌生人
不再感覺寫詩的
緩緩地艱難上升的痛苦
一部分生命從生命中
出來,另一部分滯留
我說:啊,我在跳躍
升起後迅速回到原位
小心翼翼
辨認該轉彎的地方
性感的女人告訴我
一定要用上蠟的牙線

如果我有心內省
謹慎、仔細地使用知識
我會知道怎樣在黑暗中
接觸身體的開關
那是一個紐，和父親
用壞了的肉有關。我知道
怎麼打開自己。因為沒有光
我不知在哪兒把自己關閉

這座昏暗、煩悶的城市
北美的城市。異鄉人
跨過一條條街道
〔死〕就像旅途中
帶子繫緊的開膠的
鞋子。他們打開著
全心全意地打開著
抵達這座城市

經驗的認識

在寂靜中學習
學習辨別從懶倦的身體裡
升起的聲音，他們
不全是此生的聲音
體驗肉的欲念，來自誤解
恐懼，來自對暴力的熱愛
肉是一對錨爪，勾著
互相掏著，直到把此生
從靈魂的體驗中掏出來
直到此生由於乾燥
由於肉的生長，充滿噪音

獨自一人，學習
學習辨認在植物中
蛇；一條正在聞屎的狗
一塊正在被水洗小的
礁石；變爛的死魚
他們和沉思中的我
享有同一個靈魂。我寫詩
這是我的此生。當我
孤獨，感到死魚
正在我的詩歌中翻身
聞到靈魂發腥、變甜
由於百年前寄身

謀殺者體內的經驗
此生孤獨。苦苦地寫著
對這種在新世界活的方式
不滿。感到四周太暗
苦苦地寫著。學習
學習在乾旱的季節
從一塊石頭跳向
另一塊石頭

直到我不再寫詩
直到詩和歌，生長著
在那兒──，與我的振動
享用一個靈魂

勞動節

愛一個人，把她愛到
剩下骨頭。愛到
心是一顆核。愛情
吃淨的果子肉
剩下眼睛，像$1.99
一打的剃刀，帶顏色
硬塑膠把，每天
刮那些從陌生
厭倦的心態裡長出的毛
愛到：情人的肉
相互擠著、捶打
鍛鍊成為一塊純肉
人的骨頭，在乾燥的土中
奮力遠離，另一些人的骨頭

這是我的情愛
在節日的下午，祝賀
讓電話鈴響著
感到孤獨是一具性器
那樣的時刻來臨
被煩透的手張開
充滿接觸、經驗
生命的祕密的衝動
感覺到詞語在黑暗中

互相尋找，由於貫穿
使自身的光
進入統一的
呈現在高處的光
看見：另一具肉身
因為這首詩
減少了在那裡的
困惑；減少
在那些時日的磨難

希麗婭

看見你，長著豹眼羊身的孩子
在夏天切開的寶石中間
笑著。身子前傾
正午的茸茸綠草裡
藏著二隻正欲蹦起的螞蚱
夏天這樣扁圓地
展開。一個女孩子
用獸眼看成年人的世界
淤的世界，就像一滴
順風的羊淚。我的
希麗婭，念你的名字
我感到罪孽深重
感到愛，純粹的愛
涼涼的，逼迫我
嘲笑我。因為
我幾乎神經錯亂
憑著記憶歌唱
憑著記憶，鑒賞美
想到你，想想
你小小的年紀
為我幾近四十的歲數
仍舊苦苦寫詩
為了一個字，掉一撮頭髮
一個句子，使我暗中流淚

心情沮喪。想想
就感到羞愧
而你就是：那個
我苦苦掙扎想寫出的

一個豹眼羊身的孩子
在九三年的夏季，像鹿
驚慌地跑過。到處
都是兇殺的新聞
到處是性。詩人
恥於告訴別人，他寫詩
麥克‧傑克遜被醜聞威脅
他是我喜歡的搖滾歌手
我說的是心靈
我在心情沮喪的夜晚
想到心靈。因為夏天
正在緩緩地合上
他的寶石。唉，希麗婭

1994

愛情的皮

在孤獨中學習愛
感覺憎恨，是一顆
掉在黑暗外面的核
核的兩端，是生和死
當我們感覺喜悅
我們停止詢問。我們
稱那樣的狀態為愛

從黑暗的底層，往上活
接近無知。哭泣
沒有——在意識裡的理由
我們把那樣的狀態
叫做覺醒。像一座橋
從一道深淵到另一道
深淵，從空到空
實體就是活時
每一時刻的努力
愛情裂開，看見
另一個愛情生長
感覺愛一個人的困惑
從死亡到死亡
中間只有一盞燈

在孤獨中愛

一種絕望的努力

一種疲倦的活法

當我遠離祖國

只在夢中返回

祖國對於我

是一層光線

是一種：被迫的

我由衷接受的活法

返回的欲望，是一塊

正在變硬的皮

皮的兩邊

是在努力中

對生與活

死和亡的認知

不可戰勝的

不可戰勝的是在此生中
此生的願望。鐵在水裡
成為火。河流乾涸。乾燥的地帶
是一條消逝的河流。生命
是從生鐵裡奔出的馬;馬蹄敲擊
慧星,在動物困惑的歌聲中
旋轉,向更遠的星球
殞落。人類全身長刺
在地球上呈現綠色
乾燥的時代,水向上流
在紅銅的腹部出現河流
失敗的是那些:被
多產的女人、好戰的男人
被他們裂開的股,推出來
長著三個頭的孩子們

不可戰勝的是在愛的信念裡
感到的愛。靈魂是塊粗糙的石頭
此生是器具。愛是一股水
心靈在被敲打的震盪中
不連續地歌唱。愛的人們
感受跋涉的痛苦;未完成的痛苦
不可戰勝的,是兩手空空

被此生震撼，但全身寧靜
在那邊的黃金裡的人

戀　第一次，永遠的
　　悲哀是正午的風
　　貼著綠葉。被一隻
　　熱愛的女人的纖手
　　擊倒在光芒裡
　　然後像石頭臺階
　　向下、向上地愛
　　光明的鹽水
　　流進空曠的城市
　　太陽照耀受難者
　　照耀受難的愛

　　第一次，永遠的
　　太陽持續上升
　　天空這隻竹皮編制的
　　大籃子，弧型中緊緊的
　　被初生子的手提著
　　陽光向下，猶如籃把兒
　　朝向內心的黑暗
　　我在忍耐中寫作
　　艱苦地，也許卓絕
　　第一次，永遠的

懷舊

站在凸地上往回看的人
看見青春是釘在土裡的鐵釘
祖國是一片帶不走的土地
雙親衰老，遠離；在那裡
是一堵倒塌的牆
家是一塊吊在勾子上的肉
童年這把彎刀向上，童年
木頭的把在回憶裡腐朽
站在凸地上向前看
窪地均勻地排列
獸群在異鄉人回頭的時刻
集體做愛。孤單的
懷舊者，聽見身子底下
上來的一次一次叫喊

節日之前

成熟是一張
聽舊了的唱片
我雙手抱頭
倚著床腿
當愛情和流放混淆
華麗的旋律中出現
「嘎嚓」的聲音
情人的手輕輕掠過
像一隻飛翔
被傷害的鳥
我是帶著童年的感情的
觀看者。成熟
是一隻被反復傾聽的
曲子。流亡與愛情
像那只唱盤
紋路磨損。一隻手
小心翼翼，掐住
這張古老、可被
兩面傾聽的
圓盤。當你選擇
過一種內心生活
你就被反復傾聽
被不小心地弄出
許多劃痕。你可以聽見

生命曲曲折折的聲音
感到困苦，古老
悠久的東西。情人的手
像一隻被掏走身子的蚌殼
張開，從我表面的
壓抑的日常生活中劃過
她要接觸我的心
但我染了重病的愛
使她接觸東方
細緻沉默的皮膚
好像那張唱盤
被那種大寧靜製作成
音樂。而你聽見
嘎嚓嘎嚓的磨擦聲

1995

夏令時

以審美的方式
活在愛和愛打成的死結裡
被人類大多數厭惡的
一種蟲子，在黑暗裡
從一間房子爬向另一間
房子。雙層玻璃窗戶
向陽一面，在夜晚明亮
濕氣中，顫動。誰在竭盡全力
放鬆？逼問一再活著的
含義？你放棄一切
放棄強迫地孤獨地
迷惑地活在異國的努力
你在深夜中看見
那隻蟲子，疲倦的
固執的精神，從一片國土
到一片國土。事物的影子
在具體的房間出現
你在空蕩中感受耳語
燈光漸漸變亮
你像深夜醒來的人
發覺旅行
在熟悉的不舒服的地方
放棄努力獲得的
跟隨一條船，穿過石堆

在有水的地方，想像
應當活成的樣子
想像：太陽是一條梯子
從東方到東方
一生，怎樣在日子的光亮中
一層一層向上

黎明之前

經過多少年，異鄉人
對本土人的愛，像
寒冷地帶的氣流
在異域稱做颱風
靈魂與靈魂之間
年齡的差距，是一座
中間向兩頭懸空延伸的橋
水是人群，平整的
染黑了的人群；魚兒
在單獨的夢想者的臉孔下
浮起。經過多少年
家鄉的紅磚砌成的矮樓
家鄉的愛我的女人、老人
北方的稻田、螞蟻和大雪
使我在異地無窮無盡地孤獨
像一座從兩頭向中間聚集的橋
下面是祖國，無法徒步穿過的
祖國。在橋的一端愛此地的
白皮膚女人，朝著家園
那愛，靈魂的愛
使我的兩眼流淚
使我在斷開的橋上
雙眼流淚。往日的朋友
從橋的兩頭消失

我在寫作一本詩集時變老
經過多少年，愛成為完整的
不是去愛，不是被愛
一道拱橋的完成像
一個靈魂的最終完成
跨越深淵的人，跨越
河流的人，瞭望家園的人
在看見一位寧靜、祥和的人時
看見他們在空的中間行走
看見在心中的那條通道

詞
語

在中年失去中心，失去
把生活凝聚起來的能力
尋找愛人。情人
金黃色頭髮、藍眼睛
情人在炎熱的空氣裡唱著
我愛你：中國人
在異鄉，陌生的城市
兩眼乾燥。心是流淚的
辨認路途、遠離故土的
一匹瘦馬。心是跑累了的馬
返回北方的馬廊

北方，字使人落淚
在乾燥的內地找水
看見水，就看見海
聽見海浪在空中喧嘩
中國──，人；中國人
就在陌生的城市
死勁兒尋找愛人
感受情人愛的
痛楚與孤獨
體驗：愛和情分開
情為理想和夢
愛為祖國

活

對幸福的渴望是種摧殘
夏天散發汗味,新英格蘭
夏天長滿異國人的體毛
蟬像中國的蟬
尖脆鳴叫,只是
激動,充盈性感
天空濕淋淋的
太陽在正午
沿著樹幹上升,孤獨
滯留異域的人
在黑暗的陽光中
午後,體驗到快感
天鵝在水的角落
沉默。白色的三隻天鵝
離幸福很近的意象
三隻天鵝向我遊來
水向後退,河流
在太陽的周圍變暗
幸福是一段距離
水與水的距離
我在岸上,凝望
潔白的天鵝,五隻,十隻
天鵝,像破裂的
彩色的有機玻璃

在光線中旋轉。腳踏
土地，是實際的摧殘
夢想流動，像水
和水之間的空隙
旅行者，在漫長的
旅行中，忘記家人

水在十隻天鵝的遊動中
發暗。潮濕的石頭
成堆地，堅硬
如同一群群失敗者
憂鬱是被後退的水
沖洗的石堆的意象
無處可去的人，不是
在異地，那些生活中
無處可去的人，他們
生長像在尖硬的石頭面上
生長的黑暗發黏的苔蘚
聽著一隻大鳥飛走時
怪異的叫聲，誤以為
是天鵝在水中的叫聲

體
驗

在孤獨中學會愛
遠離故土。家鄉
是雙腳在心的兩邊
移動像一個野孩子
說到家，老了的雙親就哭
遠離故土。雲朵
像一群背井離鄉
最後一代做絕活
養生的人。說到家
這幫在路上的人
捶胸頓足。從過去
向現在走的人們
從活的一端
向另一端看
看見不被允許看見的
景像：成群的火在冰上
燃燒。先老的人們
正從那邊
順著發脆的年齡
向這邊看。因為
此生被先去的人
看見。那麼慚愧
被迫體驗遠離
家園的痛苦。像愛

在乾淨的孤獨中
像蟲，在它爬過的地方
留下一條發黏
淡淡的白線

生

從天空降落的聲音
土裡的聲音。我們的生命
那些無知和狂喜的葉子
土的底下暴露的根
數場大雨後
聽見那條：冰塊
兇猛地撞擊的河流
那條，被老人們稱為
母親的河流──

草裡的聲音。石頭
傷感時裂開的聲音
太陽騎著一匹白馬
穿過黑夜。我們的生命
激情中被粗野
用盡的青春。一枚
早年鑄造的鎳幣
價值的詞和字
被腫脹的人民磨損
人民，只有人民
才是創造歷史的真正
動力。更加巨大的
灰熊，躺在土中
被野獸咬斷的根

祖國像一群狼
一群：嘶咬的公狼
青年和遊子
把那塊傷痕累累的土地
稱為父親

火燃燒向內的聲音
先知被人民羞辱的聲音
死者在黑暗裡生長
國家是一把帶密碼的銅鎖
數位轉動，家庭消失
青春變成老年
老年人，你們朝氣蓬勃
好像早上八、九點鐘的太陽
（希望寄託在你們身上）
我們的生命，在反抗中
消失。一場雷陣雨
彩虹像一個祈禱者
抵達那裡。房屋變空
大鳥一群群飛到這裡
相愛的人們，緊緊摟著
像一排釘在空中的
釘子。暴雨因為疼
傾斜下來。所有的

中國人，都會聽見
那個清晰的、嘹亮的
裸著的聲音

我們的生命

甜的爵士

小心地愛。愛你
生病的肉裡的一枚琥珀
東方的瓷器。公山羊的雙角
在我愛時下垂,然後彎曲
離我們的愛最近的海洋:
那些鹽,整齊地進入一隻
狗眼。那些曾被深深愛過
迷路的眼睛

那些火,河流在傍晚
把他們帶走。馬群消逝
東方的夜梟。當腰與腰
像兩座湖緊緊挨著
唇如魚,游向湖底
離我們的愛最近的村莊:
所有的馬駒從睡夢中
快樂地醒來

雨夜

雨水降落，像一群
在野地搭帳蓬的孩子
玻璃顯露明天
在吵鬧的人堆裡
沉默的痛苦。昏迷的雨
在冬天的街上跑
詞是光榮。詞是
可以在明天獲得的
勝利。句子引領勝利者
在人群中。如果我說
為了家園，我就不是異鄉人
七支金號被露宿的孩子
在水中吹奏。雪
被隔夜的迷路的貓
完整地呈現。雨水
創造一塊濕透的玻璃
我在玻璃前面寫作
戀人們，在雨中
比水更濕；擁抱著
像音樂中的聖誕夜

詞的清亮

如果土地生長
太陽是一隻含金的鐘
我們想著愛，在疲倦中
走動。如果太陽

是隻鐘，純金的鐘
河流是回家的羣孩子
我們每天等家人的信
數著年頭。如果河流

是犯擰的孩子
在不是家園的泥土裡
較勁的一群孩子
我凝視上升的黃瘦的月亮

銀下面轉彎的麥田
聽見對稱的鐘聲
遠處的大地，在黑暗裡
朝向我，突然一躍

蝕

潛水人，游動
在內心的、堆滿奇怪
形狀的石頭
在那些果子變爛
的液體中。祈禱
是一個嘗試遠離我們
被我們獲取自由的欲望
驚嚇的女人。家鄉
像一盞在風中的燈
父老鄉親像一群變暗的
蛾子。迷路的人
在正在褪色的陽光中
在土地沉默，似
鳥群突然飛起
冰在一剎那
在水流動時的悔意中
變成固體。在那個時刻
我看見多年不見的
妹妹的臉。當冰
在孤獨中成為水
家鄉是一條魚。一條
在河流和海裡
成為化石的古代的魚
切開水，你垂直

孤獨地潛入
在暗的水裡
他們看見泥土、生長
深深地愛過
骨頭和肉分離的那些紋路

家信

我們手中的麵包，記憶
一堆生銹的詞
用的越多，越在孤獨中
生銹。風暴把距離擴大
詩行變短。夜夜作夢的人
總是夢見把他的童年
拖進黑暗的父親
使他離自己更遠，生著病
他看見字，在舊毯子下
聳起，像被厭惡的
在黑暗中的動物
沿著虛構的線跑動
他奮力跳起，跳向
那隻長在詞裡
在恐怖的敏感中
在破舊的亞麻布下
抒情、驚懼地奔竄的
比我們的心更灰的動物
我們手中的琴，麥子
研磨成酒時定音的琴
被一隻寫詩的手搖著
在屋頂塌落的空房子裡
碎灰蓋著的
爛掉的魚樣發黏的

避孕套，黏滿精子的
舊毛巾。藥瓶，長蘚的水
陰冷的食物。音樂變短
在清晰快速的廣告
切斷的天氣預報中
我們看見今晚驟然降溫
昨天外州高速公路上
車禍，暴風雪。在黑暗裡
想著何時寫下一封家信

節
日

陌生的國土在年底
生硬。冷寂：一群
穿花衣服互相追趕的孩子
十二月，季節打出的鑰匙
一邊被磨薄。異鄉人
是把打不開的鎖
當海在十二月
顯現疲倦。海岸
在寒冷中凍得發白
分居的雙親對流亡
兒子的思念
像細鹽裡的傷口
血管在淡藍的雪中
消毒。當你孤獨
就在節日裡盼望家信
想往日的朋友
在節日後的大降價中
給自己買禮物

1996

新年

雪把舊日子蓋住。

孩子們藏在雪裡像三隻松鼠
緊跟著穿過樹與樹幹間的公路。

喇叭吹著嘴。誇張地
驚喜地；情人的焦慮
祝福，像一座搬光機器的工廠

在一年最冷的雨中。提琴
劃動，像一隻節日中的大鳥。
羽毛，是母親最喜愛的孩子

在異國，那些舊日子
比羽毛更輕。父親是一杆筆

油墨將盡的筆，被最大的
走得最遠的孩子攥著。
流亡中的孩子，孤單的

滿含靈性的孩子。疼的次數
最多。想的最多。
那是深刻、痛楚的愛中

變硬的肉。像一個小型港口
漁輪準時到達那裡，
旅行者，觀看被成噸

卸下的海水。然後是帆桅
尖尖地前傾。節日外面的鳥
沿著海洋的軸向北飛。

雪把被用小的日子
嚴密地蓋住。透過窗戶
我看見新年，在變暗的日光中，

在新英格蘭
一座安靜的小鎮子裡。
新年：是遙遠的家

在新時期的暴風雪中發冷。

雪季

雪線下面睡滿失戀的人群

當天空像一個接近完成的鳥巢
謊言和雛鳥沿著傍晚
深紅的性感的壁向上升

狗群像天鵝絨一樣
在風中傾斜。當異國
寧靜的小城在粗野無禮的

潮濕的雪季縮小。店與店
相連，像詛咒的鎖
和丟失在黑夜的鑰匙

我看見情侶，在一塊冬天
深綠的草坪上接吻
背後是醫院潔白的建築

在病人的願望中打開
各種機器響著；床單
堆疊像在主治醫師的記憶中

那片朝北的遇難的水面
提琴手在粉碎的音樂中飛起
進入他的黑暗。我們的

記憶。長者在水中穿著喪服
幻覺中的巨輪載著一生
最親愛的，離開我們的生活：

毫無想像力的、純粹操作的
港口。貨物和帳單
海洋把髒物沖到這裡

丟棄的錫皮罐。不治的病毒
漲潮時經過成批生產的物質
進入海水。每天的暴力、疲倦

重複。我們在寒冷中走出的道路

夢遊人的冬天

一月乾燥的雨中的蟾蜍
熟睡時忽遠忽近的大提琴手

思鄉的曲子。醒來
夜和遛狗的孩子

從我懷舊的睡眼裡走過
誰把三十多個年頭

在濕冰上擺得齊齊的
吹奏手在黑夜裡踏著步子

怪鳥在樹根旁叫。整夜
家的後院那顆槐樹上

槐花一樣雪白、飄香的
童年的朋友。童年的朋友

像一片沿著〔來生〕的道路
雜亂生長的草。帶面具的

夢遊者，在堅硬的河床上
跨步像一株

在嚴寒中憤怒向上長的灌木
殘酷和無知的向前傾，穿透

情人在緊張的孤獨、絕望中
失眠的、死寂的深夜

重複

活在緊張和美麗的
當地人的愛中

迷路者的腳
在一堵舊牆裡走

冬天的花園，使
獨居人在睡眠中消瘦

心是一間空的作坊
當小鎮裡唯一的河

擠滿生病的戀人
雪裡的太陽像減肥者

一天中最愛的芒果
記憶也在怨憤中卡住了

背井離鄉人看海
懷念中死魚成群，緊緊

抱住。時間的一副內臟
在異地衰老、爛掉的過程

連詩也在毫無想像的生活中
返回黑暗。像此地

消費以外的塵土
冬天的湖，當地人

指給外來者看的湖
愛戀的人表情平靜

他們密密麻麻
在明亮的冰中

暴風雪

被剪淨絨毛的公羊，孤單地
在一月黑色的天空奔跑
河流的叉道布滿了鹽
樹沿著邊緣萎縮
罕見的稀少的車輛
被做成特別節目
向坐在家裡，等待
事故在別處發生的人們
播放。高速公路被封閉
像取錢卡被機器吃進
紙張在響，卡片不再吐出來
這個最小的洲的政府
在鏟雪車的奔馳中
依舊開放。圓頂的建築
像一顆在酸中
長出一群蟲子的綠蘋果
民主的，在自由的暴風雪中的
蘋果。長著漂亮雙腿的情人
攥著遙控在九十六個頻道
搜尋「暴風雪1996」
事故的報導。降雪量加大
新的風暴被預告

這是唯一的一次
我看見美國人相互談話
集體站在被風暴刮斷的
街道上，奮力鏟車前的雪
孩子在雪中戴著面具
老年人把分開的雪扔在街上
中年人大聲吆喝。一九九六
年初的景色：鄰居被風暴
卷在一起。港口此刻
像一塊上升的綻裂的玻璃
海灣吞進濃霧，遠航的船
在風景中紛紛拋錨
野餐的長桌和四把椅子
在灣岸邊整齊地被雪埋著
蘆葦在模糊的水線下
嘩嘩響著。一群孤獨的鳥
正在從明天的風暴中飛來

賀年卡

冷色的玉石周圍的喜悅
冬天，結伴的松鼠
在雪裡打洞。送信人
沿著北回歸線
沿著鍾愛動物
在想像時起身
在雨林中遊逛的人群
中年的送信人，沿著
盤繞的樹根的汁過來
在寒冷的日子向下看
春天的情人越長
越美的胸；秋天
長短搭配成套的針
二十四種顏色的線是冬天
的寒冷。寧靜的獨居者
從被雪掩埋的房子出來
家鄉的灰狼性愛，在
年老的母親的想念中
雌狼最小的崽子
和那根赤裸的最細的弦
在湧向南方的海的寒流中
劇裂顫動。石頭
中間升起的帆，那條

被踩髒的，通過
我們的精神的道路

撐

石頭向內。故事裡的燈
照亮居留者。不再恭維
這片富饒的土地
收稅人的土地
不再欣悅。渡船停在夢裡
睡眠高矮不齊的底部
拋著母語的巨錨
不再讚美。不在
這個秩序裡感激
不活在官能的义化裡
飛蟲偏愛本土人的肉肢
蒼蠅也喜歡採蜜
貓眼裡的天使，向光時
消逝。原文的詩歌
正在專業翻譯者的玩耍中

命　　寵壞的孩子
　　　在想像的苦難中
　　　生活的孩子

　　　冬天的天空，像
　　　一匹懷著死胎
　　　找水的母馬

　　　記憶緩慢出血
　　　鐵成為回歸線上的水
　　　在當地人激昂的祈禱中

　　　姐妹像一場突至的大雪
　　　街道加工廠的鐵錘砸著
　　　突然衰老，在機場

　　　狹長的傳送帶盡頭
　　　突然，回憶中
　　　成為不斷後悔、乖戾的人

　　　祖國是做不完整的夢
　　　權威的詞，像一頭黑鷹
　　　尖喙和利爪，插進

陌生人睡眠的額
異鄉的憩者，清楚地
呼吸，一動不能動

想到他，想到三十九年後
這場使現代城市癱瘓的大雪
想到在意念的受苦中

長大的孩子，終生
喜愛幻覺的美
在這樣的性格中無家的孩子

情人節

沒被愛過的童年
使一生攜帶疾病

早餐的飲水帶著病毒
牛奶與芥末使異鄉人瀉肚

酒在孤獨的時刻發亮
一群在濕沙子裡

向遠處爬的蟹
強烈地渴望得到愛

在堅決和粗暴的黑暗中
感覺愛，批評愛

病中的人，細膩地領會
病的滋味。相愛的人

帶來一場暴風雪
謀生的意志喪送的

數十個年頭：病毒攻心
叫死勁寫詩的年頭

為愛、為理解活
孤傲、傷神的青年

根在童年折斷
生病的，過份追求幸福的人

至交

朝北的大風中五個年頭
在一堵舊牆的後面相愛

缺乏景色的生活時代
我慚愧過，把生活

朝向不明確的光明
明確地打開。小城依舊冷清

懷著舊愛的人剝著橙子
遺忘被計算出來

花朵在傍晚降價出售
對不激動人心的性生活

厭惡像不愛甜食的人
他們沿著草坪遛狗

看見孩子們在家裡
用另一種語言努力唱歌

暖空氣中的愛，下意識的
深摯的、曲折艱難的愛

在童年碎了的殼裡
看見青春像頭追趕他的尾巴

的矮狗，因為缺乏
充滿激情。因為哭

病的太多的童年
成人的生活是持續的

神經的疼，是多情的腦
與瘤子的搏鬥。詞像病菌

偶然地成為歡樂的替身
沙子在風中豪邁地書寫

土是理性的
灰塵當我們步入中年

開始像光一樣閃耀
愛的努力，唯獨努力

留下的痕跡，使我們仍舊
看見一堵短牆

在異鄉的，困惑
孤立的生活中

我嘗試過，記憶
像一隻巨大的客輪

在霧和塵土中
緩緩駛離這個無人

居住的跡象的
臨海的小城

變暖之前

做一個孤獨的
缺乏睡眠的人

深夜裡哭
看見一百年前

酷愛藝術的人
持久的，痛入

肺腑的愛，失敗的
震撼生命的愛

一百年後，這些
小心地改變的字

忍住的，愛
潮濕、感謝的泉水

一顆年輕的心
失眠，感受古代的

孤獨。我在匆忙中停住
看，然後凝視自己

不自覺的流淚
理解活著，就是

經歷被看重的人們
遺忘，被疏忽

在某個深夜
突然流淚

為了這樣的活
孤獨地、獨立地

寂寞地、驕傲地
在異鄉，在疲倦地

睡去前
寫作

遺
忘

在六年的乾旱中
望船。河流變短

在異地的迷路人
說另一種語言

與自己更近
當地的景色

石頭裡的煙，晚餐時
進入一扇空牆

那時客人起身
河流在無船的地帶

漲潮，與家鄉更遠
說另一種語言

詢問歸途。一群灰鳥
帶著大陸的乾燥

寒冷，從遺忘的水晶體
透明的、陌生的事物中飛來

融化

冬天最後一場雪
情人眼中的鹿眼
男孩的眼睛。泥被輾後
返回的人，寧靜中
看見那條光榮的道路
鹿眼裡坦蕩的道路
純潔、安靜
像少婦的喜悅。一團
清澈的火。七位
隱居的巫師，像三集
煉心的帶子；當姿式
在空中轉換，鳥巢
隨從雛鳥的啼叫打開
心靈就是突然的一陣
喜悅。水精煉成水晶
長著鹿眼的男孩
看見靈魂。他持續地
做那些在心和靈魂之間
系列的姿式。淚水環繞心
全身變甜。冬天
也許是最後一場雪
愛我的人在變暖的日子
懶散；最小的妹妹
想家。歸來的人

在季節連接的地點
在當地最老的獵手的眼裡
看見家園

消息

在象徵的大雨裡
轉身，看見海

看見越喘越慢的魚
眼裡的家園。我是

失群的人。三十八年努力
成為收麥隊的一員

在黑暗和孤獨中舀水
閒時注視作物生長

努力，在壞季節
想像著

我是快樂的收割人
不合群的人

深知被忽視的痛苦
更多地用心，不用腦

活在想像中
為幻象歡樂

因為寧靜
越來越乾淨

離腦的譫妄更近
和聰明的人群更遠

在被故意冷漠中
看見獨身往大雨裡走的人

難受是一片光
在越下越大的雨水裡

穿過交叉路，心中
那隻帶孕的魚的眼睛

緩緩合上
家園使海洋的聲音

在病人的聽覺裡
越來越嘹亮

譯文

看雲，看見收拾花園的
獨身人，把三股水
放在種子和乳牛之間

回憶童年，看見那口
倒塌的井。八隻全身
漆黑的鳥，棲止

在搬到靠海的地帶住的
那人的思維方式中
夢想的獨居的人

抬頭望日，看見孤單的
閃耀的翅膀，黑暗的
飛翔姿式。是在另一個城市

愛人心疼地說：愛
她的優雅的、勻稱裸體
在我的孤獨、淫穢的想像中

做白日夢的人，信仰
想像的生活
愛三股水中的花園

被童年的一次事件
持續地摧毀
黑鳥以他們各自的方式

在信命的人的夢想裡
　　　飛翔

春天

五十個節氣的旅行
五十根木頭削成的椿子

青春是數十年前的野火
路過的人，欣賞

柵欄在寧靜中的黑灰色
天空離趕路人越近

女人特殊的心越疼
家鄉是背景。愛著

遠離來的方向，如
一面落滿塵土的鼓

總是：想，總是辨認自
己，在廣袤闃寂的異鄉

普通的一天

從黑暗到黑暗
中心是一條更暗的
充滿靈性的路線

「想像」使日子更沉重
我們的肉體變輕
在被假設看見的光線中

使野獸，在最早動身的
那群被遺忘的人的記憶中
充滿人性。紋身的孩子

在最淺的黑暗裡吃肉
左腿的腳腕刺著一隻錨
他模仿帶邪運的鳥

飛離的姿式
新時代的主人來臨
全身有孔，鍍光的環

在我們熟知的黑暗中閃耀
最後是最深的黑暗
靈性的黑暗。那裡

思想的、難過的身體
堅硬、孤單，如一根
正在刺穿的針

細節

在五月，瀕海的小鎮
淩晨的冷風送來壞情緒
一群跑瘋了的馬
最終駐足在本地女人的回想中
馬蹄裡厭倦的力量
在他的單身生活中擴散
那二匹相互衷情的
馬眼裡的細鹽。雌馬
細長的背上那些
帶著倦容的魚群
正在離開下卵的地帶
太陽在缺水的區域
使人群的影子
更具有物質感

我通常在早晨忽略
這些模糊的細節
如果天氣晴朗，我不是
和不幸福的單身女人在一起
在她的海濱小鎮。那股海的氣味
性愛後顯現的
悠閒地移動的馬群
那些向北的馬噴著響鼻

當我合上雙眼，異鄉人
最喜歡的夏季來臨

不清晰的雨

整整一天我都聽見一個旋律
早晨下雨，下午

一個西班牙女孩的葬禮
音調像一條入港的船

在我的平靜、倦怠裡
緩緩劃動。航海人

操作在春天乾淨的玻璃中
整整一天，傳達消息的人

沿著音階向上走
日落之前，這兒仍是

臨海的那座小城
熟人的面孔帶著一股腥氣

陌生人，在水裡撐著傘
迷路的兩腳濕漉漉的

那樣的旋律，過路人
使一場大雨變成陣雨

在某天枯燥的工作中
有些人在原地旅行

有些人幸福；有些人
體驗內心生活時變瘋

混雜的旋律
大雨提前停止

日落之前，有人在
一塊小草坪上朗頌

我在十字路口，在天黑之前
聽見鋼琴的獨奏聲

平行的深處

1997

詞組

冬天第一場雪。水標
在本地電視臺播音員
激情的嗓音裡的黑暗。
大家庭使用遙控器時
頻道裡的表演
帶來的黑暗。街和道路
生著鏽,在雨裡
被成群的車輛使勁地擦著。
另一種黑暗:心靈
發黴的黑暗。
日常生活中的景象:
孩子在冷季節裡越跑越遠
單身的人,新的一年裡更孤單。
人民蜂湧向出口時的黑暗。
出口:在冷中朝著內心,
集體的沉重經歷－家園的黑暗。

再來一次

暴力和愛，疲倦時看見的圖像，
在那場精緻的表演中

我失去靈魂。未被預報的暴風雪，
此生突然紊亂。醒來前

肉裡的寒冷，然後是意識的。
一座短橋向對面倔強地夠──

另一現實的金屬，被今世的機器
製造。生病的極具智力的大腦，

更多時刻他們是純粹的黑白色，
在和平的黑暗裡，影響、控制今生。

仍舊是港口：雄偉的神像
代替沉重返回的貨輪。

成群的新人在變黑的水裡
尋找靈魂。翅膀瘦小的水鳥

飛進被鹽水浸泡的眼睛，
那些閉上時，看見暴力

傳染疾病，仇恨的肉的眼睛。
然後是愛：永遠、準確的

正在退去的潮水，把最孤獨
最悲哀的人遺留在發亮的石堆旁。

充滿細節的夢。用光油墨的筆，
返回的人將它們攥在

麻木、腫脹的手裡。愛，
當愛滿足時被性情打垮的身體。

在暴力的現實和崩潰中，醒來的
在恐怖中彎曲著；要醒來的

在無窮的仇恨和迷失、絕望中，
都是註定被懲罰的。被我們自己

失控的欲望和惡送走。

她的帽子

純羊毛、寬邊的
節日裡降價的帽子，
黑色，與那頂棕色的。

崇拜表演的人民，
物品改變我們的品格。
自由地消費，

在消費中受到讚美
認定一生的價值，
這是我在民主的國家學習到的。

在那些小標籤上
印著，「最好的品質」，
產地：當然是美利堅

共和國。烏黑、柔軟的羊毛
精確地體現活的價值，
暗喻：自由。然後

是那些標籤上的小字：
比較價格：昂貴的
一劃再劃。那些

用來調整價格的更小的膠紙條，
很像地球儀上，那些
顏色不同的國家，當然

是不民主的、需要調整的國家，
最昂貴的、最高價格
肯定是我的祖國。

我看著我的女友
輪換著將二頂帽子
戴在頭上。金黃的頭髮消失了，

她瞬間成為另一個人。
一個迷人的表演者
消費的美。在長鏡子中

優雅、自然、舒適地
體現著美國的精神。
恰當的物品美化我們的性格

在一塊好土地上，
一塊出生時，消費者
互相嫌惡和讚揚的土地。

弧　在純粹的精神中
入世的兩隻腳行走。

看見生命有很多層，
看見在寂靜中

走開的獨身人。
一個削瘦的身體

被純粹的思維攪擾。
而一句自然準確的話，

讓有經驗的旅行者喜悅，
使四周的光線變薄。

孤獨的創造者，回憶中
看見那位在高處輸送詞語的人。

不吃肉的人，在一首凝煉
抽象的詩中，看見靈魂。

另一些自我在集體的壞心境中
抱怨。公共的生活，

起早人把劣等咖啡灌進胃裡，
在壓力中清理垃圾

呼吸新病毒。無論哪裡
都有警報器呼嘯。

看見空中那根
鬆馳著打滿死結的繩子。

轉身面對另一方向時感覺
崩潰的絕望的情緒。

義大利餐館

多年後，那些詞在你的花園裡
被斜射的光打開。音調的含義，
我們什麼也不說。玫瑰的葉子
在傷心的愛中安靜地展開。
那些曾與我毫無關係的圖片
被你柔和的指尖捏著。
多年前我夢見鮮豔的美
和一隻長腿的鷹子。我們眼睛裡
整隻樂隊在演奏。心是在旋律裡的
作曲家。當手和手分開
靈魂成為摯友。星光和水中
兩顆心經歷的孤獨。唇尋找唇，
穿過肉體和肉體的寬闊空隙。

多年後，我們在那隻貓的眼裡
看見深深的感激。

雪
景

連在一起的木頭屋子
被最細的、精緻的鹽覆蓋。
鹿角在水上消逝。
風吹卷著分散的白糖，
我在陽光中看見家鄉的煙。
河流短小，親戚們扛著鋤頭
從一片黃土走向另一片黃土。
豬群嗥叫著；稻田
在雨季變黃。這是中部的
新英格蘭，冬天第一場雪。
楓葉在返家的旅行者
記憶中燃燒。港口冷清清，
巨大豪華的白帆在遙遠的
海平線下移動。旅遊者
沿著彎彎的海岸線消失。
雪被筆直向兩邊延伸的沙子
托著。海洋大口吞著
冬天的寒冷。東海岸的寒冷
閒置的土地格外蒼涼。

孩子們沿著狗的足印
徃回跑。喊叫聲使雪後的街道
變窄，使附近毗連的泥土
變甜。風在陽光變亮時

吹動屋頂的雪。潔白的
飄舞的雪，一瞬間
將在距離和寒冷中，那些
新英格蘭的房子連在一起。

威京人旅館

沿著成批客輪駛離的方向，
海水像用舊的棉被

沉沉地壓在缺覺者身上。
天空在散開的魚群眼睛裡

越來越亮。那座跨過鹽水的橋
也跨過中年人大腦裡的黑暗。

路途的黑暗，在二個精確的詞之間。
獨身的母親悲哀時

就給遠行的兒子寫信。
孤獨的水鳥沿著燈火

向更冷的地域飛翔。這個
夜晚，旅館房間的調溫器

不停止地轟鳴。號碼634，
當我拿出鑰匙，黑暗中

一些最優秀的人
正在我的祖國消逝。

海濱城市

打開旅館的落地窗戶，
黑雲聚攏。巨型玻璃
在三哩外的海濤聲裡翻滾。

同性戀中的海獸堅決地
穿過正在裂開的浪頭。
觀海的人大口嘔吐著，

找不到停車位的病人
咆哮著。他們頭上的太陽
像一張擠滿死魚的網。

關於苦難的回憶，像
有病的花朵在他們到達的時候
大片生長。合唱的聲音

傳播著病毒。侍者的雙手
帶著走獸的臊味。
海洋博物館管理人的臉

在整個一月裡，被港口停車場
那面擰著的停車牌子蓋著。
水鳥在記憶裡尖叫，

我聞到腥味。當樓上的房客
淩晨六點開始在屋子裡走動，
整個城市在黑暗中嘎吱嘎吱

響著。鯨魚群噴起水柱
在吃肉的欲望中向沉睡人
夢中的棧橋遊來。

我在強烈的排泄欲中醒來。
女友臉向下，在深深的睡眠中哭著。
海面上標明方向的警報器

在大霧裡尖聲嘯叫。
離開城市的唯一出口，那座
使我們暈眩的超量額使用的橋

在清晨的寒冷中
被拋錨的汽車死死堵塞著。

境
界

他們在一月的暖空氣中返回
在不老練的採訪之後。

勞動和越來越敏銳的心。
孤獨是諾言。在不習慣的場合

對意志的檢驗。風景
在獨身的土地丈量員安排中

修剪。觀景的孤僻的孩子
明年夏天最涼爽時返回

走進那段剪斷的樹杈。
不同國籍的人激動、小心地

相愛，放鬆時看見動物的角
聽見對方的乞求。勞動

越來越明白的心。
在準確、扼要的回答之後，

在反常的溫暖時候。

七
年

在碎玻璃的碴上走路。
在不說本土語的城市裡居住。

感染的腳，在自己的意志中走。
肉體後面的事物堅持著，讓思想

完成。使手停在
黑暗突出的地方。語言

到達我們仍未到達的那些地方。
不斷勞動。比一個精確的單詞

更孤獨。在本地的人群中：
比一種新的語言更堅強。

本地人的冬天

她們撕著掛曆，歡呼
那向本州高速公路移動的雪。

雄鹿死在三號出口處。
老年人迷失在下城

一串單行車道上。
步行者在正確的方向

筋疲力竭。那條模仿的河
穿過不對稱的橋。無家可歸者

在一年最後一個晚上
站在橋中間看一場

短促的煙火。雪就在
挨近三號出口處下起來了。

辦公室工作的女人們猜測
降雪量，外地人詛咒。

更多的本地男人按著車喇叭
被一場惡劣的撞車事故慢慢

釘進高速公路。新安裝的
巨幅看板，在雪裡聳立：

「耶穌仍是唯一的答案
羅德島的希望」。

愛國者足球隊昨天
在總決賽中敗北。冷空氣

持續加重。更多的病毒
被外出返回的商人帶入

這個封閉寒冷的小城。
房屋出售的牌子在整個冬天

增加著，屹立著。成群的水鳥
野鴨子，一動不動

趴在那個被凍得死死的
當地最著名的湖上。

探望

短的、更短的。嬰兒
荻莉亞那條出生的路線。

在十六天裡她滾動，
像一塊包好的

猶帶血跡的新鮮牛排。
這麼小的人，最小的五官，

靈魂仍然在適應
這團精緻安排的肉。

最小的人骨，可以像
小號的花籃，把最美的

品格，已經消失的獻身精神，
或者是技術化的暴力

聰穎的陰暗的頭腦
混血人特殊的臉，

把這些裝進小號
花籃。她的名字

是祖母的名字。父親來自
那條多難的壓制的路線。

長的、更長的。在東海岸
海水裡變硬。在內陸

使當地的豢養犬
比外地的狗兒狠。

她在滾動。最早的人
去掉愛的痕跡，

在純粹肉的氣味中：
難受的苦難和震撼

在最小的尺寸裡，整夜
整夜地捶打我。

收信人

比拒絕成熟的靈魂更冷。
更生硬的手，伸進我的午後。

在深交的人前談論我的隱私，
他在一場雨裡跪著。心懷

歹念的人，在我們難過的往事裡
走來走去，並用小眼睛瞄住

我的女人。一股鬣狗奔跑的氣味。
一場雨，比另一場雨

帶來更多汙染物。片刻的
壞念頭，深透地傷害長年

在秩序中生活的人。

平行的深處

在鐵的緊張裡。
經過向內的語言

相愛。修長的麞子
當我感謝，它跑跑跳跳

穿過我的許多生。
許多生的力量、努力

使一棵樹具有獨特型狀，
使多年前我們的相識

幾乎是完美的。最晚的
舞蹈者，隨意彎曲肢體，

不洩露四肢裡的疼痛，
疼痛深處的黑暗。在語彙

和精確的詞之間，
是一些型狀怪異的石頭。

是　些隻在睡眠裡，出現的
哺乳的大鳥；是一次

劇烈的、深刻的愛，
熱愛著的是靈魂。

老歌

幾隻獨腳蚊子站在增厚的雪上。
另一種語言的雪，使人在深夜的窗前

哽咽。單頻道錄音機在水聲中
尖銳地唱著。黏呼呼的髒的童年。

客人早已離去，更冷的雪落著。
早年的生活像忘不掉的老歌。

隔著一堵牆有人在洗一堆髒碗。
牆這邊是深夜。流亡的人

在零下的氣溫中竭力唱著。

情景

車鋪的修理工在地下室裡
裝上赤裸的滾圓輪子。
三月更像一頭腦子有病的羊。

那些激昂地穿過情人節的戀人
在陽光中像一股往下流的黑雨。
人群在裂開的水泥街道上

向兩邊疊著。納稅人的錢幣
使最小的州被最長的汙染
海岸圍困。然後是廣告

帶著女人下身流出的液體
那種氣味。公共場所隱藏的病毒
使本土人昏睡在黏成一團的床單上。

使冷空氣中有病的腦子更危險。
我們努力忘記始終不明白的。
遠遠離開無力抗衡的。使活的

形式，更私人。使我們
像一股黑暗的汙染的水
在自由的表面流來流去。

放射

三月解放那些
被一直壓迫的植物。
第一批綠使我們的頭腦

病的更重。我們的器官
移動,失去僅有的人性,
當獸在肉裡直立著。

渴望靈性的愛人在車禍中
痛哭。一堵牆在變暖的氣候裡
越來越暗。下身赤裸的

強健的戀人們,像一場
黑暗的暴雨湧入那堆
在迷惘的日常生活裡聳立的

石頭。損傷的神經。
被性緊緊裹著的叫喊,
滴著黏液。被遺忘的

自瀆的詞,伴隨高潮,
使我們只是瞬間,到達
體驗黑暗的底層。旋轉!

在一根最細的光的頂端
醒來。返回三月。
在明亮的陽光裡像被祝福的。

像那些容貌正常，
只是頭腦詭異，病的
獨特的，在最緊張

最現代化的物質主義的國家。

春天

三月在最晚的時候，
露出那張上了妝的臉。
更多的獾死在高速公路上。

一些往事返回。另一些
乾淨地消失。微妙地，
像在暴雨中伸展的彩虹。

被重複使用的身體，
每一年遺留下的垢。
在西北部的夜晚，

那個無名的，被許多人等待的
彗星出現，拖著閃耀的
無數歡呼的精神（心靈）

彙集成的尾，彗星的光芒裡面
是那條著名的飛船。
更多的死亡事件在今年發生。

我在明亮的陽光中，
充滿被那場震驚的自殺
事件遺棄的難受感覺。

更加孤獨。和這個緊張
暴力的星球一起旋轉，
更多困惑的人降臨。

持續地在人群的思想中忍耐，
抵抗最個人的消沉，
朝向光活著。這個普通的春天，

三月正在緩慢地轉過
她上了年紀掛滿雨水的臉。

小於整數

集體死亡的數字
是我活過來的數字。
在比肉體小得多的容器裡，
他們逗留的證據

被紫色的羊毛毯小心
整齊地蓋著。透過飛船
乾淨的小窗戶，他們平靜地
注視震驚、困惑的群眾。

慧星平穩地從西北飛向西北。

內部的聯繫

命名在最白的雪裡。
活的形式酷似
冬天的風景。藍色的馬群,

集體彎曲著脖子
在雪裡熟睡。
剝芭蕉皮的孩子,

一生長得精瘦,
充滿靈性、善意的孩子,
黑暗在好看的、勻稱的

四肢裡舞蹈。被撕開,
像在光的中心呈現的
全裸的性。和善心

美麗、濕潤的女人一起,
向回卷的火。黃鼬結夥
在緊縮的野地裡尖銳地叫著。

她的臉閃耀。黑夜
最小的、通靈的孩子,
獨自一人時最不和諧的。

日出前返回的山雞回憶，
野狗在小鎮的暴風雪中
出沒。叫雪的孤獨極的

孩子，終日幻想。
在一年最暴力的一場大雪後，
看見幸福晶瑩、分裂的形狀。

1998

這隻養領的貓
觀察、控制單身女人

花去的時間。獨身的
咖啡器，在原產國的咖啡豆裡

尖叫。帶陰影的沙發椅
使物質化的生活

充滿秩序。性感的
獨身女人，在後花園

落了一半塵土的小房子裡
盡力想像生活可能的

另一種樣子。海灣淺水處
一群本地的白色鴨子靜臥著

正午的光線被遠處的落日
均勻分開。他們沿著

衰退的記憶向前走。他們
堅信走在一道沒有風景的風景線上

陌生人

朝任意的方向走，
在崩潰中。一棵最先開花

意識畸型、明亮的瘦樹。
四月，我駕車在西海岸

山間公路。有毒的樹木
生長在更深的山林裡，

在向外、垮下去的感覺中。
一隻短翅、珍奇的鳥

向飛來的方向，此時被霧
堵住的方向，尖叫。

唱歌的本地人在大霧裡
走著，順著雄梟的短促啼叫

看清低處的山勢。那裡，
閃亮的水在沉思人

大腦深處彙集。後腿
短小的北美狼，在山谷中

給抽象思索的寫作者
帶來純粹的堅固的黑暗。

一棵提前開花的加里福尼亞的樹，
在陽光中樹幹內部的黑暗。

靜心的日子

白雲反復揩抹受苦的日子，
閱讀的邊緣變灰。風帶著敵意

經過木頭屋子。親戚們在遠方的
鹹水裡，一頁一頁寫信。

國家的名字在泥地上生銹。
新戰士在銀行裡洗槍。

人民在從南到北的大雨裡躺著。
青春是一場集體斂財的運動。

觀看水色的人，想到身後的
苦日子：縱火的鄉親們

使本地的道路更險惡。
遠處，群山後頭的山峰

正在登高人的注視中變暗。

群山之間

山鹿在低地的綠草裡。
鹿角的藍色請求客居人
帶著模糊的心願起身。

四月充滿了想入非非的人。

遠方,那些切開城市的河流
孤獨地一起流動——
人群跟隨人群,消失

在生銹的暴雨中。

旅行者返回。帶著當地人
贈送的鐵器和鹽。
他敘述著像一棵樹正在生長。

群鳥飛翔。像遙遠的海灘上,一片傘。

三月第一個週末

突然的一場雪，使三月的光
和凹地上記憶中的麥芒分離。

使中年人看見老年的正面，
在最小的臨海的

住滿陌生人的鎮子裡。
老人虐待和懲罰青春。

東方的女人在深夜裡哭喊。
四面的洪水開春時

發瘋地向一個區域流。
那裡是祖國，朝陽的

一面的祖國，孩子們一群群
摔倒。事件和物體混淆。

優秀的人集體消失。
這是我在最小和孤獨的

臨海的鎮子裡，每天得到的。
比如情人節，在一個偏僻

花店，我看見大片
被飛蛾環繞著的黑色玫瑰。

亮處的風景

大家庭裡的人叫他雪
回憶中成熟的孩子
看雲、望水
在風裡斜著身子
在暖和的地方修改舊作
持續的寫作改變他的性格
和本地人的愛，像一條河
拐彎的樣子。他的臉
充滿靈性時更瘦
雙眼凝視像兩隻鹿
往高處跑。傾聽的人在草地上
比一陣鳥啼更安靜
比遠處的山峰更暗

叫雪，轉身時
最新的創作含蓄黑暗
人群分布在紙上
是一首詩塗抹修改的部分
那些黑斑，使教授歷史的人
活的不幸福；國家在哀歎自己的
繪圖員筆下消失。公馬群輕鬆
移動。左邊的山谷在單獨的觀景者
記憶中一截一截消失

初次見面的人叫他雪
憂鬱是被閒置的馬廊的形狀
最小的母馬帶著古典的美
在隱居者壘起的一串草垛間
山貓在林子邊緣出現時
徒步人感到深深的孤獨
向高處走，想到路分岔時
他能達到的成熟的狀態

碎鏡裡的貓眼

——獻給瑪蒂

1998

1

沿著這條河，請求的姿式
使秋天的水精確地反映
樹林的金黃。三個白天的
處子，在被說出的光芒中，
環繞第十月
托起那片帶骨頭的紅色——
燕子向左飛翔。牛腿在變窄的
水裡下沉。城市在此時
透著人情味。濕淋淋的
划船人的身體，他們向前的速度
使夜提前來臨。河是兩個人的開始。

向回走的人使地平線模糊。
夜鳥在斷木頭的反光中叫著。
長著孤獨的臉的狗
正在努力穿過小樹林旁
兒童遊藝場那座鐵門。
我的身體在激烈的緊張中
靠近你。那個夜晚
我感到你的另一種樣子，
我在睡夢裡向亮處走。
你頭頂水罐，在紅色柵欄邊；

鄉村少女，身後是黃土路，
土路後是閃亮的暖和的海。
當唇在加厚的時間裡感覺唇，
獲結成夥，祝賀我們的愛；
馬群在遠處的馬廄裡嘶叫；
獨身的航海人，黑夜裡
正把細長的船駛出
靜靜環抱著的海灣。

2

這些我喜愛的字
從紅樹的油裡出來，帶著
獨身人的歡息，朝向你。
在正午藍翅鳥的瞌睡中，
一部分快樂的詞緊挨著，
短小的手臂在向西的風中
優美地舉著。古典的香味
隔街的馬駒噴著響鼻。
孩子在抒情的單行道上奔跑。
松果在午後的光線中向下掉著。
另一些詞在硬土上跳動，
肅穆地，攜帶短小的陰影。
灰貓在此刻，穿過客廳裡

那面長鏡。準確的詞
尋找清靜和結實的屋子。

給草坪上肥的男人離開了。
兩隻帶黃斑點的鳥，六月
在炎熱的大雨裡，
在這個安寧、雅致的長廊裡
造巢。圓型流動的水
是你深深愛著的樣子。
長而亮的汽笛在大霧中
為返回的魚群徹夜嘯叫。
天鵝領著鴨群在你的短睡裡
遊動。傍晚的鳥
使暗下去的天空懷著柔情。

3

當你愛著，轉身，雨水裡的鹿
向亮處跑。山貓使陰影中的山坡
傾斜。馬群背後的海
在向高處走的人的額裡閃耀。
當你愛著，臨海一帶的四月
天天下雨。最小的蜥蜴爬出
一片泥時，削瘦的遠行人

在片刻的陽光裡趕路。
狐狸在移向低處的雲中尖叫。

山雞在大霧裡飛的更遠。
貓頭鷹在來訪者的背後叫著，
遠處的白房子變暗。當你愛著，
我坐在朝西的傾斜的長椅上：
前面的山峰結成群
在落日的光輝中伸延，抵抗
遠方那閃耀金光的海──
海水後面，是你在親人的圍繞中
大笑；是一個逐漸幸福的
善良女人誠懇的愛。

4

穿過空牆，石頭在空蕩的高地上
彙集。中午的風，使本地的鳥群
眩暈地歌唱。變甜的麥地
在面孔模糊的莊稼人身後；
水順著根向上流，分散的
根的努力，使幹力氣活的人
看見最純的泥土。

長途旅行的人意外地
從這個角度返回，探望早期
靈魂的朋友；在短的光中
用被給予的肉體相愛。
看見靈魂在低處，愛護
這具肉體，使我們的大半生困惑。
蝙蝠在濃厚的黑暗裡，成群
向下飛。黃鼬在普通人的睡夢裡
尋找垃圾。那座閃亮的鋼塔
在肺結核患者的記憶裡消逝。

在持久、抽象的旅行中領悟。
找到一個角度，向上走。
此刻起：在認識的純粹中。

5

想你在風景展現的層次裡：
遠方明亮，近景在被強調的
暗影中。冷色的花在亮光裡模糊。
靠水的人愛低處的城市，
長途旅行者，在經驗中向高處走。
事物：以最現成的姿態出現。

紅頸的黑色山鳥，當我想起你
就飛向更遠的一棵樹。

更遠的樹更孤獨。在落日中
最先暗下去。飛起的群鳥
使陰影快速向下覆蓋。
觀景者令遠處暗下來，
然後是低處。鹿的鳴叫
從消失的風景裡傳來。
我想著你。返回的路
在深夜裡出現更多的轉彎。

6

象徵地進入人群。鴻雁
把高處的鐘樓帶走。
徒步的人讓一座城市，向
四個方向打開。旅遊者，熟知
位於好地區的街道，那兒
更少垃圾，更多狗的排泄物。
園工細膩地修理花圃，
取悅獨身女人，也把時間拉長。
烏鴉在集體的孤獨中瞌睡。

薩克斯風曲子在縱酒者的記憶裡
尖銳地、時斷時續地演奏。

你在擠得結實的人群裡
堅持。向不幸福的大家族微笑。
四月的某一天雨季突然中止。
傍晚的燕子向下飛；晚安的
鐘聲，從河岸那邊傳來。
碼頭裡鐵錨成群向上升，
棧橋紛紛沉入冰涼的
水裡。海灣出口處的燈塔
在落日裡等待。你恰如其分地
轉身，向海邊那棟白色
溫馨的小房子走去；
幾棵在側面的花園的樹
開著花；貓在你偏愛的
灌木下面躺著。遠處的落日
在從發黑的海平線上
一點一點消失。

7

外省變暖。中午使近處的山峰寂靜。
遠處白色的海水

使帶風景的寫作間更暗。
你在一首短詩的每個標點前停下，
文雅地，側面的光照亮
這張古典的臉。又小又圓的
乳房，在詞確定的細節裡
精緻地裸露；水鳥向淺水帶
飛著，雙翅間的陰影
使那對精巧的乳頭變暗。

白天鵝抽象地靜臥水中。
它們整齊展開的紅蹼
使湖水裡的天空更藍，
使你柔和的腹部更平坦。
旅行者明確進入平行的
世界，在豎琴的震顫中
向深處走。然後是你
那聲稍帶倦意的歎息；
遙遠的景色中的人，
在向下的平靜陰影裡站著。
鐘聲在模糊的十字路口
振盪──單身的遠行人
帶著那張愛人的臉返回。

孔雀的屏在最細的鐵裡
向東打開。東方是一支
金光燦燦的號，號嘴朝西。
當你修長的腿的下半部
在細微的光中展露：
十二支玫瑰在愛中精緻地
搭配。悠揚的號聲
在過路人憂鬱的姿式中
回盪。棉花田在甜味裡
向前延伸。鷹不動的雙翅
使遠方的家園，清晰地
屹立在流放者心中。野馬群
奔騰，裹著明亮的塵土，
在那些自然的、最優美的日子裡！

8

特別的字在壞天氣裡
讓我感動，認識在遠方的
那些人。壁爐裡
比熟鐵更有獻身性的木頭
燃燒，更怱的一場雨
來臨。飛得很慢的孤鳥
使天空越來越低。那封信

仍在我的手上。霧
正在最窄的峽谷裡升起。

在越走越低的景色裡，
相信另一個方向
中途的那道門仍舊打開著。
那裡的鳥兒紮群，訂婚的鹿
跟隨返回的獨身人。
落日裡，急轉彎處的樹林
雄渾地屹立，背後
是閃亮的山峰。向上
桑塔‧克魯斯山裡的一棵紅松
頂部閃耀著光，
整個軀幹都在高處的
深刻、遼闊的黑暗裡。

9

在丁字路口，下午的陽光
使正面的牆變舊。牽牛花的邊緣
再一次捲曲，黑狗
朝著一棟紅色的房子吠叫。
我向左轉，是你
迎面跑來。女人的臉

紅紅的，兩眼盈滿
無比透徹的湖水——
雪白和青色的水鴨，
在你柔情的凝視中
成群地向上飛。二十年前
京都的一個少女，
當我略感困倦時
就在一條安靜的街上跑著，
聳立的乳房在夏天
薄薄的抒情的衣裳底下顫動。

深處的海水是藍色的。
被深深愛著的，對細節
更敏感。那些小小的
金色的蟹，從落潮的海浪裡
亮晶晶地爬出來。出海的船
在傍晚先後返回；
向低處去的石堤變暗。
但是前方船隻入口處
那座孤塔里的汽笛，
朝著深海，仍舊
短促地，不停止地鳴叫。

10

在勻稱的肉體周圍的美。

閃耀的、小小的現實。
平滑地向下延伸的山谷，
白色的山羊在絲綢蓋住的陰影裡。
海岸地帶的紅尾鷹
在柔和、充滿彈性的女人之間飛翔。
遠處城市的燈火，跨過海水
在更遠的夜空均勻地照耀。

我在回憶中顫慄。我在
被精確、鮮明地分割的現實裡。
你的雙乳在暗的地帶
豐滿地充盈。最透明的玻璃
在恆溫中向裡彎著。門外的海洋
不停息地在黑暗的沙子上
衝動。談話永遠、永遠錯開。
前一晚來訪的人們坐在
平臺盡頭。海灘在右邊
接受退去的海水。遠方
三堆篝火在黑夜裡燃燒。

青春和最無邪的歲月，在你
一對柔軟的、小小的乳頭裡。
公羊的黑角在極限中向內卷著。
另一種與你的豐盈毫不相接的美，
在停止交談的客人眼裡閃耀。
海的分開的浪頭，向圓型
鼓起的地帶滾動。最小的山鳥
數日前飛出最小和緊的圈子。

陽光和欲望中，被過分
愛著的情人身體。泉水
在變甜的果子之間流動。草地
在敘述者的眼裡變深。俯衝的
鷹，給摯愛著的女人，帶來
一陣顫抖。異地的飛禽
在變暗的氣流中尾部深紅。

帶高光的櫻桃在男孩
向內的手指間。略小的乳房
文雅、寧靜，斜斜地向上翹；
像總是深深地理解的那種愛，
在很近的距離獨立存在。中間的
那堆篝火層次鮮明地燃燒；
焦木頭的氣味向下掉；海草

濕漉漉的，使在暗處的談話者
臉部發亮。你懇求著，
在這樣的風景中多呆一會兒。

自然的、美麗的雙乳
賦予人內在的好品格。乳頭
歡息，一小群鹿優雅地走進山谷。
山巒在純粹的意境中起伏，
向遠處去的落日，使近處的水景更亮；
更亮的夜晚，在清晰的層次中
完整地閃耀。海鳥
在深夜從遠處飛向亮處。
我的左手，貼著優美、晶瑩的弧線，
很慢地、獨立地向下掉。

11

你半跪著，一頭羚羊走進低谷；
晚禱的鐘聲從金色麥田深處

傳來。熟透的是那對
下墜的果核突出的果子，

水鳥細小的脖頸濕漉漉的，
在暗處，城市的邊緣

正被燈火照亮。白塔
在你急促站起時更傾斜；

灰鸛尖叫，夜空顯得更亮，
睡得最晚的人更幸福。

告別的夜晚，使我在
將來的日子裡無所事事，

注意細節。海在最近的
深色沙丘上，雪白地震盪；

熱帶的密集的草從那兒消失。
觀景人在霧中站立，

三個男人，吆喝號子，
沿著黑色的礁石叢向下

拖拽一條黃色木船，
另一陣更高、雪白的浪頭

正在夜色中飛躍他們的頭頂。
我寫愛情的詩，虛度一生。

12

你在記憶的水晶體裡
一層一層消失。山道在大霧中
縮短。松果在旁邊的林子裡

掉著，使向下的峽谷變深。
在兩個現實裡的人交談；
整夜，海浪響亮和繁複地湧動，

我們之間的空間更清晰。
我們朝著各自的方向，走得更遠。
無家可歸者，正向火裡

投入最大的木柴。夜鳥
在一條筆直的線上飛行。
無數黑色的海蟹，當我們緘默

吐著白沫，在明亮的沙子上
興奮地爬。夜空響亮
離一隻獨立的手很近。

你在更深的霧裡變淡，
明亮的部分消失。披著藍布的
馬，跟隨帶坡度的光影；

短腿的北美狼，在南邊
那塊巨大窪地的盡頭
整夜嗥叫。我的手掌

仍舊感覺一對隆起的
結實、年輕的乳房。

13

為你寫的詩，帶著
一樹白花的香氣。
做客的人在香味最濃時

起身，狐狸隱入深谷。
荒置的紅色馬廄
在六月彎著脖頸，像你

週末在後花園裡
讀書的樣子。旅行者
在你小睡時抵達

一座城市。模糊的瘦鳥
飛向鐘樓的尖頂。
退潮的海把抒情的人

帶出城市。熱帶的吸麻者
在最亮的落日中，幸福地
全身僵硬地凝視大海。

當你合上詩集，
這些季節性的花，香氣正濃。

14

河流的上游在缺雨的季節
變窄。獨身的雄鹿
從一塊石頭，跳向另一塊
在對岸的晚霞裡消失
沿著田野上散亂的乾草垛
我終於到達河流的上游
我們最初相愛的時刻
峽谷的走向完全改變了
我們的生活。沿著水道

那些食草獸終生相愛
並使他們漫步和冥想的地帶
風景優美。那些我們艱苦地
追求的品格，祈禱的含義
在一對浸入清水的茸角裡

在上游處，更完整地看見
你的愛是怎樣曲折
不間斷地滋潤我的行程
使我在詩的引領中，準確地
穿過峽路，一段一段向上
使我在淺地崇拜植物
和那些唯美的動物的尊貴品格
來到源頭。獨身的雄鹿
感激和謙遜地站在
耀眼的光芒中

　　《碎鏡裡的貓眼》是我正在寫的一本愛情詩集。已完成的十四首詩寫於1998年4月至5月，我當時被邀請到加里福尼亞的遮窪西藝術中心Djerassi Resident Artists Program從事6個星期的詩歌創作。遮窪西藝術中心座落在加洲中部桑塔‧克魯斯群山的頂部，從山腳開車到山頂需要20分鐘。山道彎轉而狹窄。4月的桑塔‧克魯斯群山被綠色覆蓋。坐在山頂的長椅上，可以看到一望無際的綠色山脈、牛群和馬群，在遠處是白光閃耀的大海。這樣的景色就如同我在1999年遊遍愛爾蘭和蘇格蘭時看到的。

　　我的創作室前方是一片窪地，那裡灌木茂密。每到夜晚，幾隻北美狼就在窪地裡嚎叫。有時整夜的叫，使我無法入睡。於是我就坐在陽臺上，喝著bacardi（波多黎各的烈性酒），在星光中，對著那塊窪地像狼一樣嚎叫。每次我嚎叫之後，那些北美狼就安靜了。於是我醉眼朦朧地回房睡覺。

　　在3個星期中，除去寫作，就是坐在山頂那隻朝向大海的長椅上讀書。好奇的鹿會踱到離我很近的地方，觀察我。低處是馬群和牛群，跟著移動的陽光吃草。每天看著落日一層一層地改變層巒疊嶂的山峰，海水由藍變暗，鹿群沿著山坡跑動。那真是無比幸福的時刻。

　　從山頂返回藝術中心，總是會遇到我的廚師駕車沿山路而來。她把飯菜做好就在落日中驅車回家。她會搖下車窗玻璃，說「飯菜要涼了」，而我對她說「晚安」，看著她的車子消失在越來越暗和寂靜的盤山道上。

有時鹿群會跟著我沿著山道向下走。大霧會突然從峽谷裡升起。雨後的土路上時常印著山豹的爪印。

　　這本愛情詩集是寫給我的美國女朋友瑪壽Merril的。紀念我們深深相愛的時光。

緑色中的緑

2000

1

麋鹿使溪谷裡的水更清晰
鹿角在綠色裡岔開。水上
印著安靜的動物的足印
空氣中散發著食草獸
巢穴的氣味。昨天的野牛河
在雨中，那麼誇誇其談
那麼溫暖和性感

河流轉彎處蓄滿了更深的
綠色。獨身的散步人
使峭壁略微向後傾斜
午後的光先使旅行者
思念家鄉，然後不打招呼地
在光滑的石頭上消失
這時守林人的馬在炎熱中
跟隨移動的山影吃草
河流追隨幾條藍色的獨木舟
向遠處流。遠處是那副
童年的乾乾淨淨的模樣

棕色的木頭屋子，是我的新居處
回到唐，挨著河流

凝望幾隻鹿，順著
Ozarks的山脈的左側
向深處走，──我的生命，此刻
是一幅緩緩打開的
古典的中國山水

2

劃獨木舟的男人
使河流轉彎時突然變窄
這兒的樹林吸飲更多河水
窄翅的山鷹，在盤旋中
使女人的身體在淺水中發亮
河貂在掀起的樹根旁移動
幫助在舟頭的劃手
在急流中閃避斷木和堅石
舟尾的劃手，每當河流變寬
水更深時就想念家園

家鄉是河水向低處流的行程
紅腮的魚在礁石下相愛
河龜沉重地游動，使河岸
兩邊的森林，顯得更岑寂
疲倦的馬向幽暗的樹林裡走

使河流下游處的更多彎道
在明亮的光中。那些
濕淋淋的槳向前伸著
單獨的勞動者閃亮的脊背
把我們帶出那些庸俗
長久滯陷的地方。被重複的工作
汙染和貧瘠了的地帶；失去
森林和帶著新鮮的陰影的地帶

單獨的劃手，在向前的移動中
使一條河流，成為創造性的
持續地夢想的河流

3

峽谷深處的馬群使盤山道
急促地彎轉。紅頂的農舍
在綠霧中閒置著。狐狸
無所事事地沿著一條短溪
向上，使叉草的人
愈加感到懶散。在觀景點
我荒廢著時間，體驗著幸福
土路的塵土使在回憶中
打水的少年變得模糊

像那隻向上游走的狐狸一樣
無所事事。峽谷寬闊地展開
森林在高處顫動。山雞
從一塊方型的卵石跳向另一塊
使河水嘩嘩作響。林子深處
野豬渾身綠色，糟蹋著三葉草
那也是我的青春時代
揮霍夢想，在孤獨和狂飲中
不知不覺成為憂鬱的詩人
更深的綠色，隨著幼鹿的呦叫
在精心安排的詞裡展開

峽谷悠閒地舒展。林火的藍煙
使高處的樹林更密集。紅尾鷹
在多彎的盤山道上飛得更低
乾草在長途旅行者的讚美中
沿著田野卷成分散的圓型
農夫的日子在漫長的旱季
一閃即逝。那也是我的童年
和炎熱的漫遊的季節
遠離同樣面孔的人群
壞情緒的人群。告別下城的
匆忙、消沉和無詩的日子
離開燈火使人過敏的氣味

在Ozarks的森林裡，漫步
和夢想，體驗是一片綠色的
感覺。感激的唯美的心
善良的人，幸福地消磨著
無盡的綠色裡的綠的時辰

4

吸水的白尾鹿使這條大河的上游
水流變淺。晨霧沿著河流向下
在正午的深水裡消失
孤獨而悠閒的泛舟人
在雨中使河流更加彎轉
那支濕亮的槳，清晰地
拍打彎道裡的石頭。這時
上游處的馬群開始穿越河流

這時我在紅頂的木屋裡寫詩
農夫在近處的低谷裡叉草
草叉上閃耀的陽光，幹草垛的
甜味，使詞帶有更長的停頓
內部的停頓，使寫作者
更準確地朝向糧食、覺醒、光芒
使寫作者更早地
沿著他寫出的詩歌到達
一直在辛苦尋找的源頭
而一隻麋鹿先於我們抵達那裡
安靜地吸水，溫柔的茸角
在清晨閃耀著和我們
最好的詩歌發射出的

一樣的光芒。在上游
高處的人認出那條
誠實、善良、艱難
從始至終都朝光的路途

流動的峽谷

奔瀉數百里的河流
使莽林和荒野成為國家
在國家之前，是那些
勇敢的、崇拜自然的印第安人
在他們之前，是那些灰褐色的
自由的野牛群，奔騰在
黃土和水之間。以國家的名義
第一條河流命名為野牛河

老民間歌手哀婉的曲子
使無數獨木舟劃向更遠的下游
小股的馬在那兒穿過河流
馱著昔日的淘金者
昨天的山路旅行者
他們斜帶帽子，躲避
銅頭蛇；在東方詩人眼裡
那些綿延數十裡的峭壁
粗獷地展露
被太陽揮舞的金斧
砍戕成的樣子；石頭
踩著石頭，在集體的意志中
連成一體，成為完整的巨石
在樹木的詠唱中伸展
這是阿肯瑟，北美中部

一片石頭遍布的土地
昨夜在黑暗中
一個在Ozarks露宿的
結實的、老的馬背旅行者
放著Hank Williams senior傷感的
民間音樂，倒給我一杯威士忌
野牛河在黑暗中向東流

那些帶著馬匹，帶著帳蓬
那些帶著指南針和水
延著山勢潛行的人；那些
在上游卸下獨木舟的人們
他們沿著絕壁移動，朝向
完整地裂開的石頭，在九十度
恆溫中，在獨立日之前
他們的到來和消逝，使
野牛河繼續橫穿阿肯瑟
使數代的人，背靠一截截石頭
叫他們自己阿肯瑟人

　　《綠色中的綠》創作於2000年夏天。我被邀請到阿肯瑟Arkansas野牛河國家公園進行詩歌創作、講演。野牛河Buffalo National River是在1972年被美國國會正式命名為國家的河流，是美國第一條國家河流。

　　野牛河全長135哩miles，橫穿美國中部數洲。河流的兩岸樹林茂密，石崖磷峋。河水氾濫時淹沒大片的良田。沿河數十哩是野生動物區，鹿、野豬、黑熊、山豹出沒河邊。我曾從我居住的創作室的窗戶看到鹿群在幾米遠的河邊飲水。在一次Ozarks原始森林的遠行中，我在15步的距離之內遭遇二頭黑熊。所幸黑熊並沒有立即攻擊我，我萬分僥倖地全身而返。

　　在阿肯瑟國家公園居住的二個星期中，我駕車駛遍了北阿肯瑟。車子行駛在極其彎轉的山道上，兩邊是野生森林、開闊的田地和成群的牛和馬。落日照在大片的黃土地和蜿蜒的河流上。開著車在無盡的寂靜中，看著眼前被保護的原始的美，遠離人群，淚水常常盈滿眼眶。

　　我另外的交通工具是獨木舟。駕舟在急劇彎轉的急流中，刺激、喜悅。而在河岸旁會時而看到游水的毒蛇。他們的頭露出水面，身子彎成可怕的「Z」字型。

　　二個星期中，我除了寫作、讀書，就是在原始森林裡散步（帶著足夠的水、指南針和數把鋒利的刀子）；劃獨木舟；駕車在寂靜中穿越阿肯瑟。

愛歐‧諾亞爾島

2000

湖中的湖

安靜的旅行者使這個湖
成為圓型。麋鹿在這兒汲水
落日更長久地，為走的很慢的
幼鹿照耀。湖底的鹽
使哺乳動物的性格溫馴
寧靜的湖水清晰地顯映出
那些食草動物的高貴品格

那些我們在陸地上失去的
在火中結束的，被孤獨的鹿群
一代一代傳下去。沿著乾淨的水道
他們生長和移動，使殘存的
樹木聚集成樹林；使一片清水
幽雅地擴展成一座湖
隱藏的湖，日出和日落時
含滿白銀。鹽水在出世的闃靜中
培養綴飲者的品格。然後是
一小股人，乘坐獨木舟
穿過水峽，來到這兒

安靜地坐著，盼望看到
飲水的麋鹿，他們
將把這些詩意的崇尚者
帶往那座失落了很久的家園

斯高維爾角

在聚集的意志中
旅行得最遠的石頭
獨身的公狼遠離
在孤島中心叢林中的家族
沿著嶙峋的石壁奔跑

大水切斷石頭，和
石頭裡黑暗的
食肉獸的通道。這兒
是倔強的徒步人的末路
夢想開始的地方

棕褐色的麋鹿帶領幼鹿
在冰冷的藍水裡游著
朝向那些更小的島嶼
紅狐狸在濕亮的礁石上尖叫
獨木舟在弧型的碎石上倒扣

三個方向的浪頭
二十四小時不停地拍打
峭壁上那座綠色的木頭屋子
隱居的創作者聆聽著
生命的感悟，光中的音樂繚繞在內心
夢想展現在道路終止的地方

無限的美引領詩意的遠道
旅行者，變窄的石頭
潛入水底。Tobin港灣
在左邊閃耀著溫柔的光
北面過客島上的汽笛
在浩瀚的大水裡日夜嘯叫

徒步旅行者

欣賞細節的美
在陽光中，沿著植物
內在的成長的歷程

身體就是道路
多少哩，多大的難度
那些生命必須經歷的

在低處沿著水道
跟循動物的足印
我們將返回已經遠離的源頭

在高處隨著山勢
徐行在光中，我們將抵達
內心憩息在高處的那個地方

帶著乾糧和水
聆聽創造的身體的旅行者
在持續的跋涉中精通自然的語言

北極光

在黑暗的地平線上打開
那扇扁圓的銀白色的門
夢在星座上尋找

屬於那些時辰的人們
他們是有福的
在深夜裡，安靜的

滿懷感激的向北凝視
白光閃耀，使黑暗具有型狀
夜的底在湧動的光裡搖動

瞬間，更亮的光閃耀。大片的
銀色的火焰，向高處翻卷
琵琶的金弦在光團裡

急速震顫；鼓聲和圓號
鳴奏在被剎那推遠的黑暗裡
提琴的藍弓掠過古松的

高音部。狼群突然在亮光裡嚎叫
那麼多的流星，　　顆，　　顆
射向更北的夜空。白光漸漸黯淡

睡眠的人在古怪的夢中翻身
朝北的靜坐的人
看見黑夜正在緩緩關上

那扇高貴的、銀白色的門
高處成群的星座閃耀
祝福著在黑暗中堅守、凝望的人們

愛歐・諾亞爾島的夜空

跨越淡水的旅行者
使這座孤島的夜晚飄逸著甜味
狐狸在白樺林的涼意中尖叫
露宿者在低處苔蘚的綠光中
睡得更沉。雪松在潔白的夢裡
快活地顫抖。那些水灣
在零散的黝黑的木頭
屋子環繞中閃爍著白光

在島角那隻古舊的木椅上
我是星辰的王子。天空向睡得
最晚的，撒著銀白的寶石
天使拜訪他們衷愛的星座
並把那些金色的小門敞開著
高空久久縈繞優雅的樂曲
我是快樂的王子，被那些散發著
香膠氣的夢選中的。風仙花
在濕氣裡安睡；冷杉在夜色裡
冥想。魚群朝向
含滿月光的水域遊動

天空被那位・在高處
提燈行走的人照亮。銀河
是他一路沉思遺留的光芒

聖潔的時刻！在良久的歡樂裡
整個夜晚晶瑩燦爛地
朝向我們！使未眠者
在全神的凝望中接近天空
使在暗處的心智含蓄了光
長途旅行者，感恩地
朝著要去的方向

島角的房子

在土路和石崖的盡頭
創作者隱約看見自己的形象
簡樸、暴露，在清澈的冷水裡
聚攏的浪濤輪流拍打
四面朝光的窗戶。木頭和鐵
向內的意志，使分散的事物
成為清晰的形象。使低處的
旅行者，在那些轉彎的時刻
澄清繼續努力的方向

在浩瀚的易怒的大水裡忍耐
全神貫注。不是在最高處
但踞守在使自己
最有意義的地點。接近醒悟的
地點。朝著向遠景
無限伸展的大水。在白晝
回盪遙遠的更孤獨的島上的
汽笛，抵抗前頭那些黑暗的
礁石向下的力量。在夜晚
恩惠於上面璀璨的星辰
使那些短暫的居留者
在黑暗中保持心靈的明亮

　　愛歐‧諾亞爾島（Isle Royale Island），世界上最大的淡水湖（Lake Superior）中最大的島嶼，全長45哩，寬9哩，位於美國的密西根洲。全島99％為野生動物和野生植物。島上沒有車輛，全靠步行。全島共有170哩的小道供徒步旅行者使用。愛歐‧諾亞爾島每年從四月開放到十月，冬天因嚴寒和大雪而關閉。該島被列為美國的國家公園。

　　我在2000年7月25號至8月9號的二個星期中，被邀請到該島進行詩歌創作和講演、朗頌。我住的地方是在島角上，木頭屋子裡沒有電，照明用煤氣燈。我每天從大湖裡提水，燒飯洗衣。木屋在峭壁上，三面環水。浪滔日夜拍擊礁石，發出巨響。我每天都在波濤聲中入睡和醒來。夜晚會聽到狼嚎，看見明亮的北極光。

　　這組詩是我在該島居住期間，在那間被稱做「藝術家的小屋」裡創作的。

祝

2002

失去 Nimbus 的房子

樹葉還在變黃，
最倔強的仍在堅持。

遠處的城市，花圈
人流仍在寒冷中彙集。

記憶和恐怖，在殘存的
鐵架子中，冒著黃煙；

在我們的日常生活中
彌滿著強烈的硫磺味。

Nimbus虛弱的爪子
架在向裡彎轉的大埋石上；

我們聽見窗外的風聲，
在打開的門後

是一幅受難的圖像。
世界從此改變了：

被燒焦、丟失的名字
使最後一群幸福的人

體會苦難。更多的弱者被牽連；
更多的暴力，仇恨。

飢餓，就在這兒，就在
Nimbus被藥物毀掉的胃裡；

稍遠一點，在那些
沒有祖國的人群的胃裡，

只有信仰、貧窮、絕望。
最後看見Nimbus，

記住的是她知命的眼神。
房子空了。女主人

像那些住在大城市的人，
經歷「失去」的痛苦；

感受帶細節的孤獨。
樹葉在單行道上飛快地旋轉。

新世紀的第一個秋天，
最倔強的仍在堅持。

片尾

苦難使我們活得更挑剔。
我們知道：剩下的更少；

被愛的是短暫的，很快
就會消失的。那些美好的

都是記憶，好像一隻
盡力收回來的手。然後是愛

悲愴的、宿命的努力，
充滿對歷史的無知，對自身

深刻和哀婉的描述。
最美的和最軟弱的；

最無可奈何和最永恆的。
悲劇有二張臉：一張使我們流淚

當我們和人群在一起；
另一張使我們心存感激

獨自在安靜的黑暗裡。

割草的女人

在陽光中，像體驗前生的感受一樣
割草。草的斷裂的鮮味
展示了解析幾何的精密和神經質
她愉快地笑，扯動纜繩
不幸福的事件，在一堆野草裡
消失。「就像你的壞毛病
讓自己流血；毀壞，天生的
光滑皮膚」。我熱愛割草
為陌生人剪髮，在不熟悉的地方
心動過速。不僅是愛
是一個善良人的愛，使許多人
愧疚；使陽光顯得性感
當她微彎下身子
撿起一塊小石頭
更多的花帶著不同的顏色
「就像你的壞毛病」
唯一它使你相信
並且連接你的前生

那裡的陽光尤其的好
在綠色中你更幸福
在花園裡，是你
讓我看見「愛」的形狀

祝

一隻鳥努力飛翔
為了在天空的斜面上
停住。翅膀很像思想
使身體彎轉，走一段回頭路
然後向上升；在平淡的日子
感覺沮喪。如果一個人
能想得很深，就像
從二個小時的熟睡中醒來
人就可以成為風景，寧靜
深邃，身體慢下來
他的想法使過路人停住
更多向這兒來的人
從趕路人變成觀賞者
當人有能力成為一片風景
他的念頭，是一個個
充滿陽光的日子
我們在過的這一時刻
就充滿了驚喜
一隻吮吸花蜜的蜂鳥
他的翅膀急劇拍打
我們看見光的層次、狀態
在暗處的許多身體
花朵在陰影的前頭開放
當我們在瞬間忘記暴力

恐懼，沒有筋疲力竭的感覺
當一個人和另一些人
使這條我們註定走上的
險惡的路途旁出現風景

時
刻

一本書使孤獨中的人
感謝孤獨。微垂下頭
樹木漫不經心地成長
黃鼬拖著孤立的影子
流動的水,使
溫暖、智慧的句子
印記在散亂地
分布在大地上的知恩
含愛的心中。一本書
使一個溫良悲憫的人
認識一個感恩的人
看見常人看不見的光
孩子唱著歌,樂音
振動;忙亂、群居的人們
聽不見歌聲。幸福
感激的心情,和地平線
在一起;和一顆樹,火
安靜、無人打擾的夜晚
那時你會遇見善良
智慧的先人。更多的書
帶著樹林的味道
和塵土的重量
你感動的流淚,看見
自己站在光亮之中

知道你，你的認知
在使另一些人感動
古老、困惑的大地
多一點愛。分散的
思索者，感到鼓舞
他們在孤獨、遙遠的
角落，領知天意
愛著。我們看見流水
山岩；識別糧食
看見更多的人
朝著相反的方向活著

事件

在黑夜分神的時候，向左轉

黑暗是一段上坡路

回到平地之前

是學習的時候。單身人

像一塊拋光的玻璃裂開

過敏的狗在時間的細縫裡

吠叫。渴望體驗完整的人

是贖罪的人，甘願受痛

夜就像暖調子的水

一層一層向上漫；一切

成為新的，使現在更深

更強烈，接近完整

那是可以避免的車禍

碎玻璃落在地上

思想在那個瞬間找到各自的位置

一個人成為另一個人。欽佩

讚賞，在什麼也沒有的地方

看見一條路。感覺

鼓舞，是被更高的靈性

賜予；感覺，過路人

冷靜、善意的眼睛

注視在大雪之中的我們

在Manasota Key面對大海

2004

回音

兩片像帆一樣的布
使那個姑娘
在烈日中走動時
全身起伏。青春
是掩蓋沙石的潮水
是漲潮時，一浪一浪
向前的水；逼迫望水的人
退後；把那些
在深處的碎裂物，太輕的
草，拋甩在岸上
召引長喙的水鳥，愉悅
那些在水裡撿貝的人
他們弓著身子，和退潮的水
搶圓潤的小物品；像這樣的美
和我們的肉體，搶時間

這樣的美，連靈感
都不是自動光臨的
字掉出來，音成為樂
詩知道怎樣使肉體
充盈神性；人就有可能
變得美好；最好的
發光。我們感覺得到
無邊無際的祝福，在我們疲頓時

幫助我們；像一隻白鸛

在飛行時驟然轉向，佇立在水邊

雲層使落日瑰麗、壯觀

傍晚的海灘上，更多

朝向落日默默無語的人

撒網的人，在大海暗下去前

想在網裡看見什麼

整個晚上，我盡心竭力

想為四十七歲的生命留住什麼

海島的暴雨

大風起，海水橫流
那兒，黑鸛打開兩翼
我看見風向；看見
一哩一哩移動的風
水面比水更搶眼，風來時
更動感情。此時柔順
遠處就有一卷卷，覆蓋百哩
匆匆滾動著打開的絲綢
離鄉太久的人，此刻望水
唐朝就在那裡；深處
美人無數。此時暴躁
近處就有城牆崩塌，人群
疾走；白鳥黑鳥長唳
混淆著，四面飛翔；地下
震響著無數蒙冤的人
擊擂的鼓聲，雨急時
重情的人可以聽見

重情的人，是不改國籍的人
遠離褻瀆感情的地帶
尊敬古人；潔身，自愛
不能違背心意地活
從此在異地。因異
而到它地；因地

離開的和借居的地
而異。大風起
海水橫流，蒼天多色
人群一股股，隨
滾動的黃沙急走
望海的人，獨自
站在雨水裡；水冷雨暖

海灘上的鼓手

大海在風中退潮
水退一步，浪向前湧二尺
浪濤使風向上，一寸
一寸地彎著，然後
像尋短見的人，砸下來
那聲音裡含著更多聲音
聽上去是空的；使心
難受；離水太近的天空
顯得多麼蒼白。一位
鬢髮斑白的人，獨立
水中，朝著海浪擊鼓

深色的水草亂攤在岸上
黑鸛逆風飛行，逗留
在浪濤上，突然插入
一個正在躍起的浪頭裡
大風使水現出水型；海濤
令風震耳欲聾，雙雙
帶著霸氣。擊鼓人
雙手向下落著，鼓聲
使天空遼遠，落日變紅
大海在洶湧的白浪裡
向後退，裸露的沙地
與皮鼓共同閃著金光

鼓聲，使沙灘岑寂，深海起霧
大霧使風向驟轉，海水
躑躅，更多的浪迎面而來

擊鼓人，在風中擊鼓
向著大海。夕陽向西
紅霞和弄風的白鸛向南
翻滾的浪濤挾著夜氣向東
客居人矚望大水，向北

在Manasota Key 面對大海

白沙灘，綠蒿草；那隻
灰鸛，總是站在一幢
臨水的木板翹起的屋頂上
七月和八月之間的暴雨
惹得大海動怒。深水的
心胸突然變得狹窄
把更多的水向外推
水在推搡中形成巨浪
比小心眼的人擰，一排
一排，吼叫著撲到岸上

岸上聚集著壞脾氣的人群
黑色的魚鷹混在白鸛之間
樹的聲音最低；然後
那些背部黑暗的蜥蜴
　　在無人的地方亂竄
使海邊的房子更空寂
水在裂開時發出巨響
勁風擴大水的裂痕
傷著的是躲不開的岸
被人和樓群固定在這兒
帶著垃圾；被自愛的大海
整日報怨。聆聽的人
終日聽見四處的哀歎聲

我們的聲音，和海水
自然的聲音混在一起
使大自然生病，到處
都被汙染了。我們想法子
使那些根本不想的聖物
被玷汙。大川成為小河
小河乾涸。禿地使野獸絕跡
莊稼人向城裡走，集體地
活在一起；活得疲憊
活得擁擠。當水往高處流
那是洪水；肉體就是船
乾淨的就是浮現在水面的

是看得見的。浪濤相互推著
太陽炫耀。風帶水聲
灰鸛站在臨水的
不帶人氣的屋頂上
白鸛在燦爛的水面上飛
小得如水鳥；椰子
在濤聲中掉落，白細的沙子
出聲似銀。觀海人
聽見巨浪無聲；窺到
天道有其形

連接

1

起風了；沒有陽光
水不能單獨托住雲層
早先分散的雲，如一撥兒
打群架的人聚攏
深海帶著殺氣
雷在烏雲下面跳著
岸變得晦澀。沙子
被風撮起來，在岸上亂撒
那些憑水氣和氣流捕魚的灰鸛
迷惑地向著急促的浪頭尖叫

此時是六點，傍晚島上常有的景象
海灣在日落前，莫名其妙的變臉
也許是太多釣魚的人，傷了水氣
某人長時間地在烈日下讀書
專注喚醒了儲藏在某片
水域上方的記憶；那些消失的
返回了，找不到身體
望不到他們早先的女人
不記得出了什麼事
於是暴雨驟降，夾著似雷的

吼叫；沙子裏住
所有在岸上能動的物體

隨後是落日，用他的神力
把雲扯成一條條的
一些雲傷著了，帶著血絲
一些仍悶悶不樂，但恰如
中國古代的美女，不開心時
也那麼好看；漁夫返回
把網向泛著落日金輝的水面甩
他均勻地轉身，揚手
美和讚美就這樣誕生
孤獨的散步者，使海岸線
向深處延伸；孩子們
與浪濤、陽光、沙子
和諧地在一起

夜帶著濕氣和濃重的鹹味
跟著落日；隨後就是黑
黑暗是最後一個，是鎖門人
那些帶著性欲的人
總被鎖在某地的裡面

2

我住在海邊的白房子裡
「68年前，在房子裡
全是裸體的人。屋志記載
我寫這節詩獻上對先人和
舊日的習俗的敬意。」
玻璃窗上全是海
晚上，擰亮燈，就是濤聲
星星結群，在水上更亮
夜不移動；動的是流星
動的是我，還動心
動情。想沒離開你的日子
那些日子因為你的美
而美好；愛不搖來晃去
愛入心，就往下沉
然後很穩重的
很固執的生長。現在
我傍水，讀書；寫長詩
被燦爛的陽光拍黑

每天，在愛中，像好久
沒換過的水，搖來蕩去
是對你美妙身體的渴望

當我在金沙子上看見那些白鸛
雅致地，脖子在熱風中彎著
我就記起那對又小又白的乳房
愛人的抒情的雙乳，飽滿
但不誇張；像早餐時傾聽的
輕鬆音樂；雨裡打開的傘
乳牛在暮色裡的叫聲

像那幅誨淫的義大利油畫
那對膨脹的乳頭，被輕輕
捏著，它們在我的指尖中
喘息。白樺林中的鳥
不停地啼叫；帆在強勁的海風裡
鼓著；旭日一點點從霧中升起

也是一場暴雨後的落日
呈現淡紅色，火紅色
近水時刻的暗紅色

海豚從水裡浮出，又隱入
脊背閃亮；暖水中的岸
更有人氣；天空
使遠處的水彎下去

在異國的唯美的人，單獨
觀賞落日，然後是彩虹
彎彎的，碩長的，高貴的
古典的；那是愛人在愛中
彎曲的身子，像失傳的
中國人細雕玉器的手藝
Coltrane吹的薩克斯風曲子
河流天然地沿地勢轉彎

丘陵凸起，祖先就在那裡
開始把香火向下傳
信命，拜神，真幹活
麥芒金燦燦的
在被莊稼人精心呵護的
那塊麥地裡；大堂的門
在一陣高過一陣的讚美歌聲中
打開著；從那裡開始
全是光，無限溫暖
一切都是無比熟悉的
感動的；是在振盪裡的感情

愛生長；愛吞吃光
愛成長在振盪裡
在感恩中，在孤獨的時刻

當一個人，發現一個方法
可以連接另一個人

3

星座連著沙子；幼龜憑海的反光
向那個液體的世界爬；在那兒
它們比人活得長久。那兒是軟的
稠密的，透明的；是另一種語言

我赤身躺在海灘上
看星，燦爛的星；流星一閃即逝
整夜，聽著濤聲

領悟

裂

剛開始是意識體驗到暈眩
曾經能做的模糊了
身體一截一截的變慢
慢到操作者感到恐懼
那麼多的不能
理解的人。一切都很快
很具體的恐怖。當身體
和意識分離，僅剩下意識
和速度，和黑暗裡的彎道
和從後面來的很多人
在黑暗中顯得很亮的光
第一次感到光，那麼多光
也可以使一個虛弱的人
感到恐怖。一切開始於愛
愛是許諾者，保證
在愛中的人安全
具有獻身精神的人
要保持高度的注意力
要承受他人的恐懼

當身體比平時慢
意識更銳利，更鮮豔

唯一能依靠的，就是信念
智慧能使彎道變得直一些
不能使黑暗裡的
距離縮短。那時
愛中的人，完全依靠愛
一個出口接著一個出口
最後返回家園

聽我們最愛聽的歌曲
想起天黑之前
我們祝賀抵達時的樣子
身體發涼之前的狀態
我們跟著我們的感覺
很平常，也沒有恐懼
我們感到在裡面的光
相愛著，遠道旅行
當光從後面
顯得具進攻性
連身體裡面都是黑的
在意識裡是沒完沒了的彎道
心懷叵測的旅行者
在右邊，靠我們很近的行走
說些我們最困難時
會說的那些話

感受到我們在一起的原因
兩個變慢的身體在一起
就堅強一些；就從
當地的單行道上
返回大路。不僅僅是理解
是承受，代替另一個體驗
一切都是可能的
當一個人，保證
對愛許下的諾言

複

為了還願。當你使身體
變得很慢，長喙的鳥
低低地貼著濕沙子飛
海浪在潛意識裡
一層一層地向前湧
白色是你唯一看見的顏色
那裡的護路人說，往裡走
這是回家的方向。還願
在到這裡之前，我們
沒幹完的，幹糟了的
也許真愛過，被愛得
很深，使我們

在那時變得暴躁
使此時居住的地帶
多雨；風總是卷起塵沙
狐狸，還有短腿的狼
在多樹的鎮子裡
追捕女人們寵愛的家貓

那也是學習的過程
失去那些剛開始喜愛的
懂得的，哀傷和
怨憤，還有我們已深深
陷入的，不僅僅是和人
也和物。磨得漂亮的木頭
羽毛彎成很美的角度
那些令我們大哭一場的東西
朋友和親人，由於他們
那些人開始仇恨

在美的後面，應該是更美的
理解的後面，是更多理解
然後是頓悟。一個人的頓悟
是在雲和雲之間的落日
觀景人讚賞雲層的瑰麗
那也是我們

在日常生活中的迷惑
我們一次一次地返回
學習愛，體驗那些困惑的
成為美的，價值無比的
然後觀景人疊起椅子
　在暮色中消逝

完成沒有完成的，走的
離家近了一些
在具體的、充滿細節的事件中
懂得什麼是愛；責任
是逼真的、客觀的疼痛
一些壞念頭，使回家的路
變得長了些，並且多回來一次
澄清後果；看見更多的自然景致
看見更多的人，糟蹋自然
他們的臉一片模糊
他們將吃好幾碴苦，受好幾碴罪
這是中國老一輩人的說法

為了用具體的感覺
認知抽象的能
他驅使浪濤
向有人的地帶靠近

使山豹在燥熱裡往低處走
使山一寸一寸長高，然後
在大地震裡塌陷
一個嬰孩，哭叫著誕生
那個母親流了許多血
然後是女兒的，然後
是從我們稱為「心」的地點
一切都是為了懂得愛
給予愛。一切僅僅是開始

合

那裡是我們最終要去的地方
不再回來。許多生
一截一截連上的回家的路
有時是在岔道上；有時
純粹是向下沉。在暗處
在我們還不知怎樣看見的地方
我們始終被保護著
被象徵性地指引
和異性一起的日子裡
一層一層地瞭解自身
一次愛是一個角度
足夠的角度，形成圓

那時我們知道怎樣離開身體
使身體僅是一支錨
拋在人海；思想帶著白光飛翔
拜訪其他的思想；使花
在某個瞬間，比其他時刻鮮豔
某個地帶，比眾多的其他地方
更具有人性

那時我們經過做人，也許
別的什麼，將具體的疼
飢餓；涉過一條河時的寒冷
沮喪，仇恨；瀕死的不同的
情景；我們同意回來
漸漸地，體驗到愛
然後身體不好使了
我們接近完整地意識自己
一個非常獨立的「一個」
這兒還有那一個，那一個
全為對方存在
對方因為對方存在
圓的外面是更大的圓
更大的圓；持續下去
如同我們在一個雨天離開
在某個節日返回。我們

把最難忘的片斷連在一起
「能」出現；愛在最後一世
是安靜的，不強求表現的
是所有美好事物最後完成時
伴隨的那種深深的寧靜
思想被提煉成形，是球狀的
我們經過做人，還有別的
就是為了把思想從無數世中
提取出來。用具體的肉身感覺
經歷轉換的過程。從暗到亮
從焦躁到寧靜；從人到自然
到人。精神離開他需要的
最後一具肉體，那是大愛
是純粹的能，耀眼，似光
有緣、有福分的人
感覺他的顫動，在熱和光中
然後他升入比最後一次來時
要遠、要高的地方
只有愛，能使我們持續
一次比一次睿智；無盡地
施善。只有愛是具體的
能領著我們，走過穿透
無數生、眾生的那條通道

越走越亮，就越真實
美就在其中

布嵐娣

昨夜，海浪在窗外很響
星星也很低，沙子亮亮的
是你，像飛過來的水鳥
敲門。淩晨三點
是鹽在海水裡最鹹的時候
過路人想有病的老娘的時候
是一個本地的姑娘，深夜
去這幢房子前的海灘
「看見你的屋裡亮著燈
聽見你的音樂，你在那裡寫
我就敲了門」。她的臉圓圓的
眼睛像一朵花全打開了
壓得花枝朝下彎
鼻子小小的，隆起
我想起每天在水邊
看見的那些孩子堆的沙丘
沙丘向海的一面，濕漉漉的
看上去很溫暖
「我曾住在這房子裡」
這是從那張略紅的唇裡
吐出的話。那二張唇
似孩童時在哪兒見過的
二扇虛掩著的小紅門

我打亮燈。海島上的路
顯得更暗，細細地向前
融入夜光。我請她走進
這間海邊的白房子。它靠著水
海濤每分鐘都在轟響
像一個我認識的野心很大的人
後來他老了，總是跟我說
他曾差那麼一點，就出了大名
「你看見那個老女鬼了嗎？」
「噓」，我把慣於運筆的手指
輕輕壓在她盈起的唇上
她的唇濕濕的，散著熱氣
我感到心很奇怪地跳了一下
「要尊重死者，敬鬼神」
她帶我到樓上左邊的
那間屋，現在改建成
一間很漂亮的漱洗室
坐在紅柚木的桶蓋上
可以聽見右邊海灣的濤聲
雪白的磁盆，新式的
銀灰色的水龍頭；一把
黃漆木的椅子，雅致地
擺放在臨窗的角落
「她就站在門前，矮矮的

穿著帶黃條子的睡袍
她似乎很哀傷地看著我
五年來，這是唯一的一次
我猛然醒來就看到
那雙哀傷的眼，矮矮的個子
那時這間屋是臥室
我和弟弟睡在這兒」
她的胸脯起伏著
（呆一會兒，我會跟你講
她的胸脯）。她的嘴微張
她第一次接吻時，一定
就是這樣子。我的心
又很奇怪地跳了一下
「我盯看了她五分鐘
然後推弟弟；弟弟醒了
她消失了。媽媽說
也是在這間屋子
她看見過她；一個老婦人
弱弱的，穿的總是很整齊」
「謝謝你讓我進來，這麼晚
我就是想看看這間屋子
現在是漱洗間了，挺漂亮」
「你是中國人，你們敬鬼神
你見沒見過她？」她表情虔敬

「她回來過，建國日的晚上
我聽見她在樓上來回地走
零散的炮仗爆炸聲伴隨她
不停地走來走去，樓板很響
然後她下樓，我聽得見腳步聲
然後，屋子的牆壁就嘎嘎的響
我沒看見她；她穿牆而過
她很善良，不願意嚇著我
那樓板響了那麼久
這幢房子好幾晚上
都顯得很悲傷」

九點後海灘上常常就剩下我
看落日的人走了；釣魚的人結伴回家
然後黑色隨著漲潮的水
一層一層向島上漫，帶著熱氣
海豚會在海的暗處出現
一浮一沉，就像我們每天
要過的日子，追著自己的想法
有了新的念頭；好一天
壞一天。一浮一沉
只是海豚的浮出沉入，非常自然
然後小的藍色海蟹
被漲潮的海水甩到沙灘上

它們很機靈，跑回水裡很快
遇到障礙物就把打開的鉗腳
舉在前面，往水裡沖
最後的紅色在水底消逝
海岸上全是海濤的喧聲
我走回屋子，打開燈，寫作

「我可以在這兒抽煙嗎？」
她的聲音很輕，在屋外
很響的海濤聲中，幾乎聽不見
「當然可以」。「是大麻」
「嗷，你必須在屋外的沙灘上抽
我不想讓在這裡工作的人
聞到在屋子旁大麻的氣味」
她快活，那很純的笑
使我想起我總是往喜歡的一道菜裡
加很多糖。糖被小心地包著
把口封嚴。海邊有很多爬蟲
全愛吃甜的。然後
我們在外面的黑暗中

「我從小住在佛羅里達西岸的島上
我不知道離開海，怎麼生活」
大麻比普通煙濃重的氣味

飄過來。遠處三隻海鳥很快地叫著
她坐在離我很近的地方
戴著一支黑乳罩；外面
是件小且透明的白汗衫
我能在月光中看見她的乳房
把黑色的布碗撐得滿滿的
兩隻乳頭在鼓起的黑布下
尖尖地挺著。長喙的鸛鳥
在濕沙子上走著；大魚偶爾
躍出水面。當你在浪頭裡躺著
看落日；椅子放在漲潮的水裡
面向大海，讀書。你知道
你在愛著，你很快樂
你不必跟任何人說
你很幸福。青春
使和它連上的一切事物
充滿性感，帶著永恆的架式
如果是在自然裡，你知道
什麼叫擁有，叫美得燦爛
什麼叫純粹。鑒賞者
眼裡的珍貴，價值連城
那個看見的是有福的

「該你了」。她湊過來
把大麻煙遞給我
她用兩手在黑暗中攏成一道牆
一個離開海，不知怎麼生活的
女孩子築起的牆
那兩隻手很圓，挨得緊緊的
在海濤的喧囂中
送發出女人的無盡的溫情
那是一個好心情的女人
隨時隨刻都能給予的
她用雙手擋風。我點燃
在海風中熄滅的大麻煙
身邊幾隻螃蟹正急匆匆地往海裡爬
一陣更響亮的濤聲
在低處的黑暗裡迸裂

我年近五十，在海邊的這座房子裡
寫作，挨著浪濤讀書
沿著長長的海岸，獨自一人散步
帶著紙和筆；感謝生活
我付出多少就獲得了多少
生活對我很公平。生活
甚至厚愛了我，使我
每天在海水裡游

渾身沾滿了鹽；在波濤中
看落日，看晚霞的千萬種儀態

「我該回去了。謝謝你陪我這麼晚
謝謝你讓我看孩子時住的
那間屋子」。我知道
壁牆又會響好幾個晚上
也許夏季每天下午的暴雨
過二天，會從中午就開始
釣魚的人會比往常來的早
那些灰鸛站在釣魚人旁邊
一隻鸛認准一個釣魚人
「你保留這個煙頭吧」
她在月光中掐著煙頭
慢慢遞給我。然後
擁了我一下。她的乳房
頂著我的胸。她豐盈的身體
片刻地在我的臂彎中

愛海；懷念住過的房子
和一個中國詩人
一起抽大麻煙的女孩
她住在佛羅里達的
Manasota島，一個深夜

她敲我的寫作室的門
臨走送給我抽剩的大麻煙頭
有很多事情發生了，就過去了
一些很小的事，卻微妙地
改變我以後的生活
也使我知福，知足
使我懂得「記住」
就是對那些美好事物的報答

讀詩人100　PG1652

 家信
　　——雪迪詩選

作　　者	雪　迪
責任編輯	辛秉學
圖文排版	莊皓云
封面設計	王嵩賀

出版策劃	釀出版
製作發行	秀威資訊科技股份有限公司
	114 台北市內湖區瑞光路76巷65號1樓
	電話：+886-2-2796-3638　傳真：+886-2-2796-1377
	服務信箱：service@showwe.com.tw
	http://www.showwe.com.tw
郵政劃撥	19563868　戶名：秀威資訊科技股份有限公司
展售門市	國家書店【松江門市】
	104 台北市中山區松江路209號1樓
	電話：+886-2-2518-0207　傳真：+886-2-2518-0778
網路訂購	秀威網路書店：http://www.bodbooks.com.tw
	國家網路書店：http://www.govbooks.com.tw
法律顧問	毛國樑　律師
總 經 銷	聯合發行股份有限公司
	231新北市新店區寶橋路235巷6弄6號4F
	電話：+886-2-2917-8022　傳真：+886-2-2915-6275

| 出版日期 | 2016年12月　BOD一版 |
| 定　　價 | 500元 |

國家圖書館出版品預行編目

家信：雪迪詩選 / 雪迪著. -- 一版. -- 臺北市：
釀出版, 2016.12
面；　公分
BOD版
ISBN 978-986-445-156-2(平裝)

851.487　　　　　　　　　　105018381

讀 者 回 函 卡

感謝您購買本書,為提升服務品質,請填妥以下資料,將讀者回函卡直接寄
回或傳真本公司,收到您的寶貴意見後,我們會收藏記錄及檢討,謝謝!
如您需要了解本公司最新出版書目、購書優惠或企劃活動,歡迎您上網查詢
或下載相關資料:http:// www.showwe.com.tw

您購買的書名:_____

出生日期:_____年_____月_____日

學歷:□高中 (含) 以下　　□大專　　□研究所 (含) 以上

職業:□製造業　□金融業　□資訊業　□軍警　□傳播業　□自由業
　　　□服務業　□公務員　□教職　　□學生　□家管　　□其它_____

購書地點:□網路書店　□實體書店　□書展　□郵購　□贈閱　□其他

您從何得知本書的消息?

　□網路書店　□實體書店　□網路搜尋　□電子報　□書訊　□雜誌

　□傳播媒體　□親友推薦　□網站推薦　□部落格　□其他_____

您對本書的評價:(請填代號　1.非常滿意　2.滿意　3.尚可　4.再改進)

　封面設計____　版面編排____　內容____　文/譯筆____　價格____

讀完書後您覺得:

　□很有收穫　□有收穫　□收穫不多　□沒收穫

對我們的建議:_____

_____

_____

11466
台北市內湖區瑞光路 76 巷 65 號 1 樓

秀威資訊科技股份有限公司　　　收

　　　BOD 數位出版事業部

....

（請沿線對折寄回，謝謝！）

姓　　名：＿＿＿＿＿＿＿＿＿　年齡：＿＿＿＿　性別：□女　□男

郵遞區號：□□□□□

地　　址：＿＿＿＿＿＿＿＿＿＿＿＿＿＿＿＿＿＿＿＿

聯絡電話：(日) ＿＿＿＿＿＿＿＿＿　(夜) ＿＿＿＿＿＿＿＿＿

E-mail：＿＿＿＿＿＿＿＿＿＿＿＿＿＿＿＿＿＿＿＿